LOUIS QUERELLE - EDITEUR
26 · RUE CAMBON · PARIS

LES AMANTES DU DIABLE

DU MÊME AUTEUR

Récemment parus :

Cantharide, *roman*, Louis Querelle, éditeur.

La Confession cynique, *roman*. L'Epi, éditeur.

Une heure de désir, *roman*, Prima, éditeur.

RENÉE DUNAN

LES AMANTES DU DIABLE

(1550)

ROMAN

LOUIS QUERELLE, ÉDITEUR
26, Rue Cambon, 26
PARIS

DEUX MOTS :

Qu'on ne croie point, devant ce livre, à la ga-
geure ou au roman historique, à pièces comptables.
Mon but fut tout autre. Il correspond sensiblement à
celui que se propose l'étonnant Charlie Chaplin
dans ses films émouvants, où, d'ailleurs, le peuple
sait si bien rire. Comme Charlot, j'ai voulu exté-
rioriser, sous des apparences conventionnelles, les
manifestations profondes de l'esprit ardent, salace,
coléreux, ou troublé. La badine, le chapeau melon,
les chaussures trop longues et les vêtements étriqués
du triste héros de cinéma, ne sont que des sym-
boles. C'est la vanité, l'humilité, la mélancolie, le
besoin d'espoir, l'enthousiasme ou l'impuissance à
vaincre qui servent de ressort profond et meuvent
en réalité ces objets selon le rythme intérieur de
l'âme. Beaucoup s'amusent des gestes sans les comprendre, mais la foule rit seulement d'elle-même et
son esprit est tout en gestes. Satan, dans ce roman,

n'est donc qu'une mythique figure de l'éternelle lutte de l'être contre lui-même, une incarnation aussi de cette volonté sarcastique qui permet à la vie de durer. C'est qu'elle renouvelle perpétuellement le désir, autour des sentiments épouvantés, crédules et pervers qui, pour l'homme, sont des géhennes et des justifications à la fois.

Mon Satan, on le verra, sait servir utilement celles qui l'aiment...

C'est sans doute que seules elles ont assez de ressort pour influencer le destin...

R. D.

PREMIERE PARTIE

LE PACTE

*Je te prie, prince Beelzebuth,
de me protéger dans mon entre-
prise.*

Appellation des esprits, tirée de
la clavicule de Salomon.

La Poule Noire (1521).

I

1

LE LOUP

Dans la nuit froide passa soudain un souffle
brutal. Des rameaux secs cliquetèrent. Le vent
secouait pêle-mêle sur le sol dur de la forêt les
morceaux de branches et les débris de végétaux
pourris. Tout en haut, à travers des ramilles innombrables et défeuillues, les étoiles scintillaient sur
un fond déjà gris.

Le jour était proche.

Alors, d'un buisson dense où vivaient encore de
sèches folioles tassées, une forme plus noire que la
ténèbre blanchissante sortit lentement. Dans un si-

lence total, cela progressa de deux pas, puis fit halte et s'assit, les pattes arquées : Un loup.

Le museau étiré et ouvert laissait tomber une langue flambante. On voyait distinctement les dents de la mâchoire supérieure. L'animal muet paraissait bâiller.

Le vent jeta une nouvelle plainte. Alors, un autre bruit régulier et coupé s'étendit brusquement comme une onde.

Le loup, restant assis, tourna deux yeux luisants vers la gauche, puis creusa les reins. Un cri bref et étranglé jaillit de sa gorge rauque.

Il laissa passer deux secondes et se remit debout, les pattes ramenées sous le corps. Effilé et puissant, le ventre creux et l'arrière train bardé de muscles, il tendit enfin la gueule et guetta.

C'était un mâle endenté et robuste, depuis longtemps deviné par les gardes du baron des Heaumettes. Il avait mis à mal bien des brebis, et même plusieurs enfants, mal choisis pour mener des troupeaux à la glandée. D'habitude, il se cachait de l'homme, et tous bruits qui ne fussent point animaux le faisaient fuir coléreusement vers son repaire. Pourtant, il avait, la veille même, attaqué une femme, que sauvait à temps la venue d'une troupe de gens d'armes regagnant le château après avoir pendu un serf mécréant. On avait, en effet, donné ordre de le brancher à la limite extrême des terres du baron des Heaumettes, là où commençaient celles de la comtesse d'Assien. C'est que le pendu était marron et venait d'Assien. Comme madame d'Assien se conduisait semblablement avec les vilains de son voisin, il avait bien fallu lui rendre sa politesse… Le loup avait donc fui devant les masses et les épées. Mais il avait gardé le confus désir de prendre sa revanche. En sus, il avait faim.

Cependant, tandis que la clarté venant du ciel devenait de plus en plus transparente, le bruit qui avait attiré l'attention du fauve, grandissait régulièrement. Il était pourtant fort précautionneux, mais on sentait le pas humain.

Soudain, près de deux chênes aux formes tordues, un grand corps apparut dans l'incertaine clarté.

L'homme s'attestait haut et massif. Engourdi par le froid et la fatigue, il portait encore sur le dos un énorme fardeau. Le fauve ouvrit silencieusement sa gueule puissante, puis renifla. Cela sentait la bête morte.

Mais le survenant avait déjà vu l'ennemi. Il lâcha son faix qui chut derrière lui avec un bruit mou et lourd.

Déjà, luisait au bout de son bras droit une lame large et blanche. Il poussait en même temps une sorte de sifflement admiratif, et grognait :

— Peste soit de la crocotte ! Je reconnais celle

qui mange tout mon gibier et me ferait pendre pour rien...

Le fauve avança de deux pas lents, obliqua sur la gauche et se ramassa.

— Oh ! fit l'homme à mi-voix.

Il veillait avec soin sur le produit de sa chasse nocturne, et jetait de temps à autre un regard bref autour de lui, afin que le combat avec ce fauve ne permit point à un autre de lui soustraire les quatre lièvres et le faon qu'il avait apportés.

Le loup avait fort bien vu le comportement de l'homme, il fit semblant de revenir vers la droite, la gueule ouverte et muette, puis, au moment où son adversaire surveillait encore une fois ses derrières, il sauta.

La détente fut celle d'un ressort métallique. Les cuisses imprimaient à ce long corps svelte un élan déjà destructeur. En même temps, les mâchoires tordues et bâillantes allaient se refermer sur la gorge humaine.

Mais le braconnier n'était pas un apprenti dans la lutte contre toutes les bêtes forestières. Il recula d'un pas, tendit la main nue qui reçut le poitrail du loup, et, de l'autre, frappa en même temps de travers.

Le coutelas entra dans la chair, entre deux côtes et pénétra jusqu'au manche. Le loup chut de côté, souffla, et ses yeux fulgurèrent. Ensuite il poussa un cri douloureux et féroce, puis s'accroupit. Très loin un autre appel hurlé sonna alors dans l'air sec.

— Je ne vais tout de même pas avoir affaire à une harde, fit l'homme en avançant vers la bête blessée, qui crispait spasmodiquement les muscles de son torse.

Le fauve voulut reculer. Il se sentait vaincu. Il s'érigea pourtant encore sur ses quatre pattes grêles, en tendant son cou maigre que la souffrance faisait frissonner. Ses flancs battaient. Un hurlement s'échappa encore de la gorge contractée, mais, voyant qu'il fallait faire face, il devint silencieux et ses yeux rougeâtres s'arrondirent. Une bave ensanglantée coulait de sa langue pendante.

Très éloigné, un bruit fin et musical se répandait. Il semblait amenuisé par la distance et doux comme une caresse. Un rythme le coupait, le fragmentait en morceaux inégaux.

— Je suis encore en retard, dit, d'une voix dure et coléreuse, l'homme qui écoutait. Voici l'angélus.

Et brusquement il frappa le loup sur le museau. Le couteau fendit les bajoues sans que la gueule moins agile put saisir au passage la main ni la lame. Et d'un dernier coup sur la nuque le grand fauve fut annihilé. Il roula de côté, les pattes raides et les yeux toujours étincelants. Son souffle se précipitait. Il soulevait violemment les côtes, visibles sous la peau velue, mais la bête orgueilleuse ne cria point.

Enfin, il eut une sorte de soupir sanglotant, la tête molle s'étendit sur le sol. Il cessa de regarder son vainqueur.

Prompt mais prudent, l'homme tourna derrière le coureur des bois, et, d'un dernier coup, l'ouvrit comme un livre, du thorax aux pattes d'arrière. Ensuite il se releva pour veiller. Le jour était venu.

Le vainqueur était un gaillard à face audacieuse, il avait des chaussures à semelles épaisses avec des houseaux de toile serrés par des cordes. A sa ceinture pendaient deux gaines à coutelas et une gourde couverte d'étoffe. Son vêtement de bure brune descendait jusqu'aux genoux. Sur le dos il portait en sus une sorte de mante noire. A son chapeau en forme de cloche et fort usé était attaché un os. Il avait une lourde corde enroulée autour des hanches.

Le matin commençait, tout plein de menaces. L'angélus s'était tu. A travers les arbres, par une éclaircie, on voyait, très loin, et à demi-effacé par la brume, un château fort sis sur une hauteur. Il était compliqué, avec des tours de diverses formes et des toits à poivrières. Le chasseur le regarda avec un rire de mépris.

— Il faut enterrer ce loup et effacer la trace, fit-il à voix haute, sinon ce sera vu et deviné.

Attentif à tout et craignant, maintenant sans doute, non plus les bêtes, mais les hommes, il traîna le cadavre du loup vers le buisson d'où le fauve était sorti.

— Tant pis, dit-il en hésitant avec souci. Creuser avec mon couteau me fera rester trop longtemps. Je vais le cacher ici. Il dissimula le corps, gratta la terre avec sa lame pour jeter de la poussière sur les traces de sang, puis reprit son fardeau et s'éloigna hâtivement.

Il était à peine disparu que des pas sonores frappèrent au loin le sol et se multiplièrent.

Puis apparurent à l'opposite, trois cavaliers...

I

II

LE VILAIN

*M. Freind lui demanda s'il était
de la religion de lord Baltimore.
Moi, dit-il, je suis de la mienne.
Pourquoi voudriez-vous que je
fusse de la religion d'un autre
homme ?*

VOLTAIRE. Histoire de Jenni.

Dans une combe sinistre, semée de gros rochers
qui fermaient l'horizon de tous les côtés, une chaumière basse semblait accroupie près d'un ruisseau.

L'homme au loup s'arrêta à cent pas, près d'une
énorme pierre moussue, puis se retourna pour épier
le chemin parcouru. Le silence était total. Il n'y
avait même pas une halenée de vent, et le matin
froid semblait une sorte de mort cosmique.

— Je n'aime pas, dit le braconnier qui paraissait avoir l'habitude de parler seul, cet aspect trop
paisible de la forêt. Cela sent la traîtrise.

Il s'en alla pourtant, contourna la chaumière et déplaça une roche plus loin qui découvrit un silo.

Il y mit sa chasse de la nuit, ramena la dalle fort lourde, mais qu'un ingénieux dispositif d'équilibre permettait de mouvoir facilement, puis vint frapper à l'huis de la maison.

— Qui est là ? demanda une voix de femme.

— Jean Hocquin ! répondit l'homme.

La porte bâilla sur la ténèbre intérieure.

— Il fait froid, dit l'homme en pénétrant, tête baissée, sous le linteau.

— Oui ! reconnut la femme. Tu te couches.

— Non ! je veux rester prêt à tout, et puis j'ai rendez-vous bientôt avec le chanoine pour lui vendre deux lièvres.

— Tu as tort d'accepter d'aller si près du château avec du gibier.

— Qu'y puis-je. Je préfère cela que d'amener l'acheteur ici. D'ailleurs, personne ne viendrait.

La femme, cependant, avait allumé une mèche trempant dans un récipient de graisse. Il se répandit une odeur lourde, mais la clarté naquit, car la demeure du couple n'avait aucune issue autre que la porte, et une sortie secrète à l'opposite.

— Tu as raison, mais qu'as-tu vu ?

Cette femelle était belle et forte, mais le visage portait la trace de fatigues épuisantes. Ses yeux cernés et sa bouche pâle contrastaient avec son

allure de fille des grandes cités, aux regards pleins
de cautèle et de désirs.

Elle se montrait vêtue d'une robe de tissu rougeâtre, percée partout, et d'un corps de grosse toile
écrue. Ses cheveux tassés sous une capuche noire
s'en évadaient harmonieusement.

— J'ai tué un loup ! fit le chasseur.

— Quand ?

— Tout de suite.

— Tu as bien caché le corps ?

— Oui. Je n'avais pas le temps de l'enterrer.

— Et comme gibier ?

— Quatre lièvres et un faon.

— Bon ! pour qui le faon ?

— La baillive.

— On m'a répété l'autre jour qu'elle disait du
mal de toi et t'accusait d'avoir pris chez elle un
écu oublié sur une table.

L'homme haussa les épaules :

— C'est la servante qui aura pris l'écu sans
doute.

Il regarda sa femme avec soin.

— Comme tu parais fatiguée, Babet ?

— Je le suis.

— Toujours tes visites chez le sorcier ?

Elle se mit à rire :

— Ne faut-il pas chercher à faire de l'or, puisqu'il est si dur et ingrat d'en gagner.

— Il est de fait, grogna-t-il qu'on risque sa tête tous les soirs, pour quelques sous rognés.

— Même le matin. Et moi, ne me juge-t-on pas depuis longtemps comme une sorcière. Je voudrais pour cela le devenir...

Il s'assit sur un escabeau mal équarri.

— Sans doute. Mais ton sorcier en fait-il, de cet or ?

Elle eut un regard aigu et luisant:

— Personne ne doute qu'on puisse en faire, avec l'aide du Malin.

— Oui ! s'il n'avait pas ce pouvoir, il ne risquerait pas beaucoup de corrompre les gens. Mais ton sorcier est aussi pauvre que nous.

— Pour faire de l'or il faut bien des choses rares et de recherche difficile.

Il haussa les épaules:

— Soit. As-tu encore un peu de feu ?

— Oui. Regarde ce tison qui brûle encore.

— Je boirais bien une bolée de vin chaud.

A ce moment ils entendirent au dehors un pas lent.

Leurs sens étaient aiguisés par la tension d'une vie à demi-sauvage. Ils écoutèrent, muets.

Le pas s'arrêta.

— Je me disais bien, en rentrant, chuchota le braconnier que la combe avait un air louche et inquiétant.

— Je l'ai trouvée telle cette nuit, avoua la femme.

— Je vais voir qui c'est.

— Non ! Il faut faire comme si nous dormions.

Le pas reprit et vint jusqu'à l'huis, devant lequel il fit halte, le braconnier avait instinctivement pris son coutelas.

Enfin on frappa rudement et une voix sonore aboya:

— Holà ! coquins, allez-vous sortir de cette bauge, ou j'y mets le feu.

Le couple était devenu blême et attentif. La femme éteignit la lampe entre deux doigts.

Alors elle dit d'une voix haute et hésitante:

— Qui est là?

— Ouvre, garce, tu le verras bien.

— J'y vais, monseigneur.

Elle courut à la porte et le braconnier s'étendit sur la paillasse placée au travers de trois planches dans un coin.

Le jour du dehors entra d'un coup et mit en valeur le misérable mobilier de la chaumière.

Un soldat à trogne rouge, vêtu de cuissards et d'épaulières de métal, les mains à sa ceinture d'écailles imbriquées, et le pot en tête, se carra devant l'ouverture sans entrer.

— Quel est l'enfant de chien qui demeure ici? cria-t-il.

— Moi, monseigneur, et mon mari.

— Il est là?

— Oui. Il dort.

— Tu n'as pas du tout l'air de sortir du sommeil, coquine, et je suis sûr que lui non plus...

— Monseigneur, dit Babet humblement, le froid ne nous aide pas à trouver un sommeil bien doux. Ce n'est point un palais céans.

— Je le vois bien. Dis à ton époux, comme si le mariage était fait pour des bêtes comme vous, de venir ici.

— Jean, dit-elle.

— Voilà, grogna le chasseur en venant droit à la porte, avec son air de fauve agressif.

Le soldat recula de deux pas en grommelant :

— Comme hure de brave garçon, il est réussi, celui-ci. Je pense qu'il ferait bien à supprimer. Tout le monde y gagnerait...

Il demanda, un peu moins rogue :

— C'est toi le propriétaire de ce palais?

— C'est moi.

— De quoi vis-tu?

— Je ramasse des herbes pour le mire, je garde les troupeaux, je moissonne, je vendange, je tresse des corbeilles...

— Et tu braconnes, vilain?

— Jamais.

— Tu le jurerais?

— Oui.

— Alors ce n'est pas toi qui as égorgé le loup encore tiède que nous avons découvert, non loin?

— Je ne sors jamais la nuit.

— Ah ! le plaisant sanglier domestique. Avec cette allure, il voudrait nous faire croire qu'il a peur de prendre l'air...

Le soldat reprit, après un regard derrière lui.

— C'est assez clair, le hardi gaillard qui a tué le loup est un braconnier. Il portait sa chasse et l'a défendue. Elle devait être lourde... Sans quoi il aurait préféré fuir, car on n'est jamais certain d'avoir le dernier mot avec un loup...

Et il termina :

— Les braconniers sont pendus, tu le sais, mon garçon?

— Oui.

— Alors suis-moi. Nous éclaircirons cela au château.

III

LE SORCIER

> *On dit, on écrit souvent que dia-*
> *bolus (diable) vient de dia, deux,*
> *et bolus, bol ou pilule, parce*
> *qu'avalant à la fois l'âme et le*
> *corps, des deux choses il ne fait*
> *qu'une pilule, un seul morceau...*
>
> Sprenger. Le Marteau des Sorcières.

Lorsque le braconnier se vit ordonner de suivre le soldat, il faillit reprendre son bon coutelas et ouvrir le ventre de son adversaire. C'était facile, sans doute, et il ne risquait pas plus que sa vie. Mais, à ce moment-là, de derrière une grosse roche, à cent pas, sortirent deux autres hommes d'armes tenant des chevaux par la bride.

Si peu d'espoir qu'on put concevoir devant la justice, peu soucieuse de preuves certaines, et fort expéditive, du seigneur, il était encore préférable de lutter contre elle que de tuer le soldat et de se faire mettre à mort sur le champ par les autres. Sans omettre qu'en ce cas Babet était condamnée aussi.

Et Jean Hocquin suivit l'ennemi.

Cinq minutes après cette arrestation sommaire, la femme, emmitouflée dans une mante déchiquetée, se glissa dehors avec prudence et gagna le bois par une pente escarpée.

Elle marcha longtemps dans le silence, s'arrêtant pour écouter tous les trois pas. Enfin elle arriva près d'un arbre plus desséché que tous les autres, et sans doute mort depuis fort longtemps.

Elle enleva une sorte de haie artificielle qui en recouvrait le pied et fit paraître un large trou où elle s'enfonça.

Ramenant les broussailles, elle se laissa glisser enfin dans la nuit et fut aussitôt au bas d'une pente raide, sur un terrain stable.

Elle aperçut alors, au fond d'une façon de couloir souterrain, une clarté vague et s'y guida.

Elle erra enfin dans une grotte où avaient dû gîter depuis des siècles des générations de misérables, bandits, serfs en fuite, rôdeurs ou mendiants. Les traces d'une habitation longue et assouplie aux inconvénients du lieu, y étaient apparentes. Au fond, assis sur une façon de fauteuil fait de pierres savamment disposées et couvertes d'une épaisse étoffe, un homme regardait venir Babet. Il cria :

— Je t'ai pourtant défendu de venir dans le jour et surtout à cette heure, où les gardes et les soldats du baron traînent partout.

Elle riposta d'une voix émue et furieuse :

— Ils viennent d'arrêter Jean.

— Ton amant?

— Mon mari.

— Qu'y puis-je? sonna l'autre aigrement.

La femme s'humilia :

— Vous m'avez promis mille choses, de l'or, et des passions, et de la puissance.

— Tu les auras, ma fille. Je l'ai lu dans ton avenir.

— Eh bien, libérez mon mari.

— Où l'ont-ils emmené?

— Au château, certainement.

Le sorcier se leva pesamment. Il était vieux et difforme. Son masque sémitique et sa barbe blanche lui apportaient une étrange majesté. Il vint à la femme.

— Tu veux que je mette en ta faveur les forces infernales en action. C'est les déranger pour bien peu.

— Non. Je veux sauver Jean.

— Tu as tort. La fortune viendrait plus vite si tu le laissais pendre.

— Vous me faites horreur, cria-t-elle. Je veux le sauver.

— Soit donc. Retourne dans le souterrain d'accès et prie Satan comme je t'ai appris à le faire. Tu reviendras lorsque je t'appellerai.

Elle obéit et devina de loin qu'il se livrait à d'étranges travaux magiques. Enfin il appela.

— Viens ici !

Elle se tourna et faillit s'évanouir d'horreur. Une clarté verte se répandait dans l'antre du sorcier qui avait revêtu une robe blanche et coiffé une mitre.

— Mets-toi, cria-t-il d'une voix nouvelle, au centre du triangle que j'ai dessiné au milieu, à côté de la flamme verte.

Elle s'y plaça en tremblant.

— Jure trois fois le nom de Dieu en répétant mes paroles.

Elle le fit.

— Et maintenant regarde :

Un crapaud soubresautait près de l'homme. Il vint, avec une sorte de gravité immonde, occuper lui aussi le triangle.

L'homme, une baguette noire à la main, prononçait cependant des paroles cabalistiques et des objurgations latines ou hébraïques. Enfin il jeta un peu d'une poudre noire sur la flamme verte, et Babet en vit sortir une ombre longue, cornue,

pareille ensemble à une fumée que tord le vent et
à une forme humaine. Elle ferma les yeux. Une
odeur de soufre se répandait lentement dans l'atmosphère épaisse du souterrain. Il sembla à Babet
que des corps invisibles la frôlaient, attouchaient
son visage et ses mains. A certain moment une sorte
de bête transparente passa entre elle et le sorcier.

— Il est là, dit le vieillard.

Babet grelottait de terreur. Elle perçut comme
dans un rêve des interrogations et des réponses, puis
la lumière s'éteignit...

Et on entendit des plaintes atroces qui s'éloi-
gnaient peu à peu.

Au bout de cinq minutes, le sorcier, vêtu comme
de coutume, ralluma sa lampe qui datait peut-être
des Romains, et demanda.

— Tu l'as vu?

— Oui ! murmura-t-elle, devinant qu'il s'agissait
du Diable.

— Tu as entendu ce que je lui ai fait dire?

— Mal.

— Bon ! Tu étais trop émue. Eh bien il consentira à permettre la remise en liberté de ton mari,
mais seulement si tu consens à lui appartenir.

— Non ! dit-elle avec angoisse.

— Tant pis ! Pourquoi recours-tu à moi, en ce
cas? Voilà encore une invocation inutile. Sauve-toi,
et ne reviens jamais ici !

Elle se mit à genoux.

— Ne me chassez pas.

— Alors promets d'appartenir au Maître. Il te rendra peut-être ta parole de lui-même. Il n'est pas si méchant.

Elle hésitait.

— Décide-toi.

— Mais que faut-il faire?

— Signe ce pacte!

Il prit dans une cachette du mur et tendit un morceau de parchemin carré et gondolé sur lequel était écrite la reconnaissance de toutes les vertus sataniques, avec le vœu de prendre le Maudit pour protecteur dans ce monde et dans l'autre.

Babet avait appris à écrire et à lire. Un prêtre interdit, qui se cachait dans le pays sous les apparences paisibles du diseur de poésies dans les banquets, vivait jadis avec sa mère, lorsqu'elle eut sept ans. Elle n'avait jamais connu son père, serf vendu avec un lopin de terre par le père du baron des Heaumettes, vingt ans plus tôt. Le prêtre apprit donc diverses choses à l'enfant. Babet put juger les atroces obligations de ce pacte que lui soumettait le sorcier.

— J'ai peur! dit-elle avec accablement.

Mais l'homme devinait cette disciple en son pouvoir. Il lui prit le poignet, y fit une incision légère

avec un canif et recueillit une goutte de sang au bout
d'un roseau taillé en plume.

— Signe ! ordonna-t-il.

Elle signa.

— Sache, remarqua alors le sorcier que si tu as
signé avec l'espoir de ne pas exécuter ta promesse,
Le Maître qui le sait ne fera rien pour toi, au contraire. Mais si tu te promets sans arrière-pensée, ton
mari reparaîtra. Regarde : Satan, sans que tu le
voies signe aussi.

De fait, une sorte de sceau, jusque là invisible,
se manifestait soudain au bas du parchemin.

Il ajouta avec une sorte d'ironie en montrant la
griffe diabolique.

— N'omets point que le Maître peut avoir besoin
de toi comme femme. Tu es désormais son amante
sur terre pour le cas où il l'exigerait.

Babet écoutait sans bien entendre. Elle croyait
peu, au sens mystique et religieux, mais elle avait
été élevée dans la terreur de l'enfer et le désir violent du paradis : C'était, à ses yeux, toute la religion. Or elle venait de se promettre à l'enfer...

Le sorcier, assis sur son fauteuil de pierre, dit
d'une voix plus douce, mais impérieuse, où la cupidité transsudait :

— Tu vas aller me chercher deux pièces d'or.

— Je n'en ai pas du tout.

— Tu mens. Veux-tu que je fasse revenir le Maudit?

Elle s'inclina.

— Vous les aurez, cette nuit.

Il ricana.

— Et bientôt, je te ferai reine du Sabbat...

IV

LE SEIGNEUR

Le deffunct chevalier, ayant menacé de mort quiconque feroyt mine de flairer ledict logiz, i'ai, par grant paour, livré ladicte maison...

BALZAC.
Contes drolatiques (Le Succube).

— Monseigneur, dit le sergent des gardes à un homme maigre et hautain, vêtu de noir, qui passait vite sur le pont menant du premier château au second, nous avons un braconnier arrêté de ce matin.

Il montrait Jean Hocquin, attaché par les chevilles et les poignets et qui gisait comme un paquet sur le chemin de ronde, entre deux merlons.

— Bien ! fit le personnage, je le dirai.

Il franchit le pont. Le château des Heaumettes comportait une enceinte purement militaire, séparée par un fossé de trente mètres rempli d'eau, tout au moins dans le fond, de ce second château où le baron et sa famille vivaient joyeusement. Un troisième château occupait le centre de l'immense enceinte, fait d'une tour centrale et de quatre tourelles l'encadrant. C'était le réduit de la défense. Là commençaient les prodigieux souterrains qui menaient à trois lieues, en pleine forêt. Une fois même, les troupes évacuées par là étaient revenues assiéger, puis reprendre le premier château envahi. Or, tandis qu'arrivait l'homme en noir, le baron regardait justement, sur une terrasse bordée de balustres à l'italienne, son fauconnier qui encapuchonnait des oiseaux de proie. Il demanda sans façon :

— Eh bien Galant, que me dis-tu de neuf ?

L'intendant s'agenouilla à deux pas, se releva, fit un salut, puis un second, et dit :

— Monsieur le baron, le notaire prétend que votre désir est irréalisable. Il m'a répondu qu'un acte signé ne pouvait plus être modifié que par les deux parties entendues.

— Quoi ! fit le baron des Heaumettes, railleusement, faut-il que je retourne en ville avec ce maraud de marchand. J'ai signé, et bien, je ne signe plus.

Il rit orgueilleusement, puis demanda :

— Le chevalier d'Esbrony me vend ses chevaux je pense ?

— Non, Monsieur le baron, il refuse.

— Quoi, il refuse, ce fils de guenon ! Un sire dont le grand-père vendait encore du drap.

— Il m'a dit qu'en tant que possédant des biens mobiliers, il ne devait hommage à personne et que sa propriété valait la vôtre. C'est un sot.

Le baron ricana :

— Tu t'arrangeras bien, mon ami, pour lui prendre les chevaux qu'il ne veut pas vendre, ou les empoisonner ?

— Je ferai au mieux, Monseigneur. Ah ! j'allais oublier de vous dire que la garde a un prisonnier, un braconnier dont ils attendent que vous décidiez.

— Qu'on le pende.

— Bien, Monseigneur !

— Non ! qu'on me l'amène. Je veux voir sa grimace avant qu'il n'éternue au bout d'une corde.

Trois minutes après, jambes libres, mais mains toujours attachées, Jean Hocquin apparut devant le Seigneur.

— C'est toi, maraud, dit celui-ci sans autre préambule, qui tues mon gibier.

— Non, Monseigneur, dit l'autre, on m'a arrêté chez moi, j'étais couché.

— Mais on a découvert le fruit de tes rapines, vilain merle ?

— Non Monseigneur, on aurait été bien incapable de le faire, vu que je ne chasse pas.

— Tais-toi ! tu as un groin de braconnier. Je lis cela sur ta sale figure.

— Vous vous trompez, Monseigneur.

Le baron se tourna vers l'intendant qui écoutait sans mot dire.

— Tu le connais, ce chien ?

— Non, Monseigneur, je ne l'ai jamais vu.

— D'où sors-tu, cria alors le baron, tu descends, je crois, de la chaudière de satan, où tu vas justement retourner dans une minute ?

— Monseigneur, je suis un pauvre diable que les gardes ont pris au hasard.

— Ah... ah !... Dis donc, Galant, appelle-moi ceux qui l'ont arrêté.

Les trois soldats apparurent aussitôt.

— Où avez-vous pris ce porc ? demanda M. des Heaumettes.

— Chez lui, dit le soldat auteur de l'affaire, et qui se sentait d'autant plus tranquille qu'on n'avait jamais mis la légitimité de ses actes en doute jusque-là.

— Chez lui. Il y avait du gibier ?

— Je ne pense pas, Monseigneur.

— Comment, tu ne penses pas ? Tu n'as pas regardé ? Tu mets les gens en prison sur leur tête, sans vérifier s'ils sont coupables.

Le soldat interdit rougit et ne dit mot. Hocquin

sentait son destin balancer entre la liberté possible et la hart.

Mais le baron, lassé du temps perdu à cette mince affaire dit à l'intendant :

— Galant, fais-le mettre à la question. S'il avoue, on le pendra. S'il n'avoue pas, qu'on le renvoie dans sa bauge.

« Mais n'épargne pas les coins...

Il se mit à rire :

— Non, pas de brodequin. Qu'on use de la machine nouvelle, faite d'après celle de Sa Sainteté. Il paraît que jamais aucun homme n'y résiste. Il faut être soutenu par Dieu même — il se signa — pour avoir la force de supporter cela. S'il se tait, vous lui donnerez dix deniers et un verre de vin.

Les soldats emmenèrent Jean Hocquin en hâte. Il fallait en effet disparaître au plus tôt, lorsqu'une décision était prise.

Le baron revint à son intendant Galant :

— As-tu obtenu enfin des renseignements sur le sorcier juif, qui, paraît-il vit par ici?

— Aucun, Monseigneur. Et pourtant des femmes vont chez lui.

— Tâche de le découvrir !

A ce moment, vêtue d'une robe bleue fourrée de menu vair, aux pieds des chaussures longues d'une aune, avec des pointes recourbées, sur la tête une sorte de bonnet aigu en satin rose et vert, les bras croisés et cachés, la baronne apparut, venant de son oratoire.

Le baron, qui était vêtu en soldat de l'aube au soir, s'inclira, autant que le lui permettaient, et son gros ventre, et son pourpoint de cuir raide. Il eut un sourire léger.

Galant s'était mis un genou en terre, et attendait qu'on lui fit signe de se relever.

— Madame, dit M. des Heaumettes, vous êtes décidément exquise depuis le lever du jour jusqu'au crépuscule.

La dame se mit à rire, cligna de l'œil à l'intendant qui se redressa et fit trois révérences à son mari, puis répondit :

— Ce temps avive le teint, mais je me demande où est mon page?

— Le jeune Athenais, Madame, fit le mari, doit être à confesse.

Elle eut un signe ironique et reprit:

— Qu'est donc ce vilain qu'on emmenait à l'instant dans la salle basse?

— Un braconnier qui n'avoue pas et qu'on va questionner.

— Ne vous ais-je pas entendu parler encore de sorcier?

— Si certes. Lorsque vous êtes venue, Madame, je disais que le sorcier, dont tout le monde parle, devra, aussitôt que découvert, être brûlé vif. Ce sera fait de préférence chez lui, avec, bien entendu, tout l'appareil de sa magie.

La baronne parut trouver la mesure fâcheuse.

— Je préfère qu'on l'emprisonne et m'avertisse.

— Ce sera fait, madame, fit galamment le baron, mais une telle engeance ne mérite pas tant de façons. Espéreriez-vous le convertir?

Elle rosit et prit un air exquisement mutin:

— Vous savez que ces maudits veulent être tués de façon spéciale, s'ils sont surtout vampires, comme celui-là doit l'être.

— Et pourquoi donc, Madame, serait-il vampire?

— A cause des enfants qui disparaissent depuis deux années. On m'a dit que plus de soixante s'étaient évaporés. Je présume un vampire qui suce à la gorge le sang des petits. Or ces démons sont tous immortels. On semble tuer leurs corps, mais ils les font revivre et sortent de la tombe.

— Mordieu, Madame, dit le baron, il faut veiller à tout cela. Si vous avez le secret de tuer un vampire, nous vous donnerons volontiers ce vieux juif.

— Je n'ai pas de secret, dit-elle, mais s'ils avouent leurs crimes par écrit, et consentent ensuite à avoir le cœur percé, leur mort est définitive.

— Soit donc. Je ne veux point, je vous l'assure, de vampire sur mes terres. Ah! voilà votre page qui sort tout émerillonné du confessionnal. Je vous laisse avec lui, madame. Ne lui faites point perdre son état de grâce tout de suite.

Et à Galant:

— Tu vas retourner chez ce notaire, et lui dire que moi, le baron des Heaumettes, j'ordonne...

V

LA QUESTION

*Le bourreau lui dit : Monsieur,
vous êtes un peu trop près du
bord, votre tête tomberait en bas...*

Journal de M. le Cardinal duc de
Richelieu. Tiré des mémoires
écrits de sa main. (1662, II, p. 166).

La chambre de torture était ronde, et son plafond
ogival. Elle occupait le plus bas étage d'une tour
aux murs épais, qui commandait un retrait des courtines. Elle n'avait aucun jour, et, au centre, une
dalle portant son anneau cachait un trou profond,
plongeant jusqu'aux assises de la colline sur laquelle s'étageait le château.

C'est là qu'on jetait sans plus de cérémonies les
suppliciés morts à la question.

Le plafond à nervures indiquait l'ancienneté de
ce réduit. Il devait être contemporain du premier

château, bâti huit siècles plus tôt sur l'emplacement où régnait à cette heure la demeure féodale des Heaumettes.

Tout autour, pendus aux murs noircis, on voyait des instruments de fer aux formes baroques et incompréhensibles, des tenailles flammées, des couperets cintrés, des buires à long manche pour verser le plomb fondu, des scies en arc, des pinces et des maillets.

A terre, dans le plus complet désordre, il y avait des chevalets et des outres, trois entonnoirs de cuir, des boîtes en bois épais avec des trous aux extrémités — les brodequins, — des cordes et des lanières de cuir, des poulies et une chape de peau tannée couverte de pointes aiguës. On la mettait sur le ventre des torturés, lorsqu'ils étaient nus, pour que leur impudeur n'offensât point le regard.

On accédait à cette pièce mystérieuse, et dont nul bruit ne pouvait sortir, par un escalier de trente marches. Il donnait, au-dessus, dans une prison munie de deux cages de fer, puis, plus haut encore, par un autre escalier raide et sans rampe, dans une salle munie de meurtrières étroites. De là, en cas d'assaut, il était possible de prendre d'enfilade les assaillants des courtines, sur deux côtés.

On nommait cette tour la Nicole, sans que personne sut pourquoi. Jean Hocquin descendit donc dans la salle de question. Il avait confiance en lui-même et pensait pouvoir supporter les tortures. Mais on ne sait jamais dans quel état spirituel on se trouvera durant les atroces souffrances que le tourmenteur vous inflige. Beaucoup, il le savait, et des plus énergiques, qui s'étaient promis de ne rien dire, n'avaient pu s'interdire pourtant de parler...

Derrière lui, marchaient trois soldats, un scribe accoutumé à ces cérémonies qui constituaient tout son travail au château, et le bourreau, de son métier découpeur de viandes et tueur de bétail.

Les rites de la question étaient d'une simplicité parfaite, et cent fois déjà prévus, de sorte que personne ne pouvait faillir à suivre leurs règles. Dès la dernière marche franchie, le bourreau, qui suivait le prisonnier et tenait une courroie dans ses mains, l'entrava d'un geste. Ainsi toute défense devenait soudain impossible, puisque le malheureux avait déjà les bras liés.

Couché sur les dalles ravinées, Hocquin attendit.

Le tourmenteur n'avait pas entendu les ordres du baron. Aussi demanda-t-il:

— Le brodequin?

— Non! fit le scribe.

— L'eau?

— Non! il dévorerait vos entonnoirs.

— Oh, j'en aurais de rechange, où les dents ne percent pas. Mais alors que lui faisons-nous?

— On va utiliser le couteau venu d'Italie. C'est l'ordre.

— Fort bien. Il est excellent. La femme à qui il fut déjà appliqué n'a pas dit ouf.

— Comment ça ? demanda un soldat.

— Oui, elle a avoué tout ce qu'on voulait, et on l'a jetée dans le trou, après, car elle y avait perdu le souffle.

— Allez donc, fit le scribe.

On accrocha une poulie à un crochet haut placé près de la voûte. De cette poulie descendaient deux cordes, plus loin réunies qui prirent Jean Hocquin par les avant-bras ramenés en arrière. Deux soldats tirèrent sur l'autre extrémité et le corps du supplicié monta le long du mur. La douleur devait être atroce, car l'homme souffla désespérément et on vit brusquement de grosses gouttes de sueur perler à son front.

C'est que les bras tordus portaient tout le poids du corps et disloquaient les épaules. Un frisson agitait cependant les membres contractés.

— Attends, mon vieux, fit le bourreau goguenard, nous allons alléger le poids que portent tes pattes de devant.

Il alla chercher une sorte de couperet creux à longue tige et dit aux soldats:

— Hissez-le plus haut !

Et, sans s'occuper du cri d'angoisse qui échappait à l'homme, dont les articulations se déboîtaient lentement, il plaça son espèce de couperet dans un trou du mur juste au-dessous du prisonnier.

Ensuite il délia les jambes et les disjoignit:

— Baissez maintenant !

Ils laissèrent filer la corde.

— Là ! accrochez l'anneau.

Ils immobilisèrent le câble tendu.

— Maintenant il n'y a plus besoin que d'attendre les aveux. Ils vont venir...

Le scribe grogna laconiquement:

— Savoir ?

Et tout le monde se tut en regardant l'homme ainsi suspendu. Le poids de son corps portait maintenant sur son périnée, en contact avec le couperet qui lui servait de siège. La courbe lui emboîtait l'entre-jambe, du scrotum au coccyx, et, secoué par la douleur de ses épaules, unie à celle de la fourche, il souffrait prodigieusement.

Aucun effort d'ailleurs ne pouvait alléger ni diminuer cette souffrance. Le moindre mouvement augmentait plutôt la gêne. La sueur coulait comme un flot de sa face blême et tirée. Il ferma les yeux, pour se retenir de crier et mieux concentrer la peine qui allait lui faire avouer tout ce qu'on demanderait. Son souffle spasmodique se précipitait. Il se tut pourtant.

— C'est un rude gars, dit le supplicieur.

Ils étaient tous attentifs et curieux de savoir si ce pauvre bougre reconnaîtrait avoir braconné. Aucune pitié ne les tenait, certes, mais un intérêt en quelque façon sportif.

L'homme poussa soudain un râlement sourd.

La douleur irradiée des parties appuyées sur le couperet devenait effrayante, c'était un ruisseau de feu qui remontait de la zone sexuelle, largement irriguée de sang, et surchargée de filets nerveux. Cela tordait, en son cerveau bondé d'angoisses, des fibres innombrables qu'il croyait sentir souffrir séparément, il percevait aussi le temps tout autrement que ses ennemis, il le séparait en fragments infiniment petits, tous perçus à part et gonflés de désespoir. Cependant, il se taisait toujours.

— Le cochon ! dit un soldat.

Cependant le scribe qui s'ennuyait fit mollement:

— Vous décidez-vous à avouer?

Il disait cela sans conviction, parce que la chose lui restait fort indifférente.

L'homme frissonna, ouvrit les yeux un instant, mordit ses lèvres et resta muet.

— Il ne dira rien.

— On ne sait jamais, grogna le tourmenteur, il faut le laisser ainsi, le temps de deux miserere.

— Qui les dit?

Ils se regardèrent tous.

— Il aurait fallu faire venir un diacre.

— Bah ! on sait bien à peu près ce que ça fait. C'est fini maintenant.

— Mais non.

— Je dis que si.

— Tout de même, affirma le bourreau furieux je connais mon métier. Il va avouer...

— Triple sot.

Ils s'injuriaient ainsi, durant que Jean Hocquin faisait des efforts surhumains et invisibles pour ne pas crier grâce. Oh ! avouer n'importe quoi, pour être descendu de là, et pour cesser de croire que votre corps se partage lentement en deux fragments...

— Ça y est, cette fois.

Le bourreau, irrité de voir un homme qui lui résistait, vînt donner une bourrade au corps malheureux.

— Allons décide toi, va ! Il vaut mieux être pendu que de rester là tout un jour.

Mais le scribe, las de respirer la fumée de la torche qui éclairait cette scène, et d'ailleurs furieux d'avoir dû quitter la chambrière à laquelle tout à l'heure, il contait fleurette, ordonna :

— Détachez-le. Il est libre. Il faut lui faire boire un verre de vin et lui remettre dix deniers.

Le bourreau s'inclina.

Dépendu et mis à terre comme un paquet,

l'homme haletait farouchement, encore incapable de se relever.

— Vous le descendrez, par une échelle, dans le fossé qui mène à la route, près de la tour des Cordiers. Ce sera plus simple que tout.

— Oui monsieur, dirent les soldats.

Et ils prirent le malheureux sous les bras et les jarrets.

— Allons, viens-t'en. Tu vas pouvoir retrouver ta femme, imbécile.

DEUXIÈME PARTIE

L'INCONNU

La complexion, comme dit Avicenne, est une qualité qui vient ou procède de l'action et passion des qualités contraires trouvées es éléments.

Alberti Parvi Lucii,
libellus de mirabilibus naturae arcanis
(1568).

I

LE RETOUR

*On fait un excellent Talisman
en enfermant dans un petit sac
fait avec la peau d'un chevreau
mort-né, une pincée de terre prise
dans une fourmillière et une
autre prise dans une motte de
gazon, une touffe de poils d'élé-
phant et un fragment de défense
de sanglier à poil roux.*

Merveilleux secrets (1795).

Sans plus de cérémonies, Jean Hocquin, qui ne disait toujours mot, fut assis sur une sorte de balançoire attachée à un cordage, puis descendu brutalement d'un créneau au bas du fossé. Il se dégagea difficilement, et, tandis qu'on remontait cet expéditif moyen de sortie, il tenta de se mettre debout.

La tête lui faisait mal, mais surtout les reins et les cuisses.

Quoique le bourreau lui eut, de deux coups de

poing, réemboîté l'articulation des épaules, il ne pouvait encore mouvoir ses bras. Il ne voulut cependant rester au bas du haut mur d'où certainement on lui aurait jeté bientôt quelque vieux pot ou des pierres, et il glissa le long de la pente qui menait à la route.

Peu à peu la force lui revint. Il se mit sur le ventre, car il ne pouvait s'asseoir. Dans ses avant-bras et ses mains, le sang recommençait lentement de circuler.

— Ouf ! fit-il haineusement, c'est beau de m'en être tiré ainsi !

Il tentait cependant de mouvoir ses membres, mais une crampe maintenant l'immobilisait. Il se mit à rire.

— Ce bourreau, je ne lui conseille pas de venir se promener en forêt quand je chasse...

Il se massa doucement les muscles des cuisses et des mollets. La douleur de sa crampe, au souvenir de ce qu'il venait d'endurer, lui semblait presque une caresse.

Enfin il se mit debout.

La nuit tombe vite en hiver et déjà le ciel s'assombrissait, Jean Hocquin en fut ravi. Il préférait ne plus rencontrer personne durant qu'il regagnerait sa demeure.

Mais, à la nuit chue, hormis dans les venelles du mince village qui occupait les pentes sud du mont sommé par le château, toute vie disparaissait dans le pays.

Il gagna donc la route, un sentier profondément creusé par les ornières, puis s'éloigna.

De temps à autre, il se retournait pour voir encore la masse énorme de la forteresse où il avait failli finir sa misérable destinée. Les tours s'enlevaient splendidement, abruptes et hautaines. Derrière elles on apercevait encore des toits de demeures seigneuriales et ecclésiastiques. Un petit clocher de chapelle se levait, près d'un donjon sans fenêtres, d'aspect sinistre.

Hocquin était loin de son gîte. Il lui fallait contourner largement les dépendances du château, avant de se trouver en pleine campagne, mais il s'en tirerait. Déjà ses bras lui faisaient moins mal.

Et il songeait qu'un jour, sans doute, il serait possible de s'unir entre serfs. Alors on donnerait un assaut inattendu à cette demeure massive. On la prendrait facilement, en égorgeant les gardes de la première enceinte. Et puis...

Il voyait le baron des Heaumettes soumis à son tour aux tortures les plus choisies... Il voyait la baronne offerte à la salacité de cent croquants exaltés. Il voyait toute la valetaille du Seigneur pendue aux arbres qui bordent le chemin du pont levis.

. . . .

Babet était revenue mélancolique et consolée de chez le sorcier. Lui l'avait chassée car il attendait d'autres clientes et des envoyées de la ville où il avait de fidèles adhérentes. Toutes ou presque se trouvaient soumises par pactes à Satan.

Elle rentra donc dans sa chaumière sinistre et le sentiment de la prodigieuse misère qui régnait là, lui fut pour la première fois sensible.

Elle se rappelait d'avoir, tout à l'heure, vendu son âme au Diable. Il lui semblait maintenant que la richesse tardait par trop à se présenter, comme conséquence nécessaire et immédiate de son renoncement à la félicité du Paradis...

Elle s'assit à la porte et regarda le paysage glacé. Il était prodigieusement triste. Toutes ces roches énormes fermant les accès; ces arbres dépouillés, et ce silence... Pendant qu'elle songeait ainsi, sans nul doute, Jean Hocquin, son mari, était-il torturé, peut-être pendu...

La rage et l'impuissance lui rongeaient l'esprit. Mais ce Malin, qui peut tant pour ses amantes, pourquoi n'intervenait-il pas, ne faisait-il pas un miracle...

Elle avait pu économiser secrètement huit pièces d'or, il faudrait en donner deux au sorcier. Etait-ce par cette route que la fortune lui viendrait?

Elle se leva, affamée et découragée. Un goût amer de soufre et de sauge lui emplissait la bouche.

Elle se savait belle. Que de fois, lorsqu'elle se rendait à la ville, vendre des salades dans la douce saison, des fleurs aux fêtes, et chercher d'occasion les rares choses qu'il lui advenait d'acheter, elle avait rencontré des galants...

Une fois même, un seigneur étranger lui donna cinq écus pour qu'elle se mit nue. Elle avait gagné ses cinq écus. Une femme de braconnier, une gueuse qui vit de tout ce qui attire le mépris des citadins, et parfois requiert leur justice, n'a pas de pudeur. Et puis, en ont-elles plus, les bourgeoises qui se font épiler et les dames nobles qui pervertissent leurs pages?...

Moins encore en aurait-elle d'ailleurs, à cette heure où Satan lui-même disposait de son âme. Il faudrait, avec l'aide du Maudit, vivre heureusement en échange du paradis perdu. Mais, comment être heureuse sans amour?

Il est vrai que Jean était peut-être bien libéré, si le Diable y avait pourvu.

A ce moment, une fureur la prit et une sorte de désir ardent de tirer vengeance des malheurs qui l'accablaient.

Elle rentra dans sa demeure assombrie et chercha la cruche au vin. Elle but alors coup sur coup, trois lampées en murmurant :

— Satan, Satan, protège-moi !

Soudain, avertie elle ne sait comment, Babet se

retourne. Dans l'huis ouvert elle distingue une forme humaine qui s'approche rapidement.

Elle court au-devant de cet homme. Ce ne peut-être que son mari. Elle s'arrête alors, figée, la bouche ouverte, les yeux fous.

Le survenant est un homme inconnu, et mieux même: un seigneur. Il est vêtu de panne écarlate, avec des broderies. Ses souliers sont fins et ornés de coins dorés. Il a oublié son épée, mais le fourreau reste. Sa cravate bouffante est immaculée, et soudain il quitte son chapeau:

— Madame...

L'inconnu s'incline avec une politesse qui sent son ironie.

— Madame, veuillez m'excuser !

Ils restent face à face, lui tête nue, avec sa perruque blonde et sa figure bien rasée, elle, émue aux limites de ses sentiments. C'est peut-être là une des images de Satan, qui aime tant à se déguiser?

— Madame, reprend l'étranger, voulez-vous m'offrir un refuge chez vous?

Elle hésite. Mais une sorte de tendresse, et elle ne sait quel secret désir la font agir presque sans le savoir:

— Entrez, monseigneur !

Il entre et regarde avec stupeur le contenu de ce gîte obscur. Il n'a jamais vu cela. Il croyait que tous les ruraux pouvaient vivre, prestige et épée en moins, à la façon des nobles. Il est triste et craint pour son sort, mais resté jeune et sensible, il ne peut faillir de s'apitoyer ici.

— Madame, vous êtes seule.

Il s'est lourdement assis sur un escabeau.

— Oui, Monseigneur, mon mari...

Elle ne sait s'il faut parler si brutalement, puis elle se décide.

— Mon mari est sans doute pendu à cette heure..

L'inconnu sursaute:

— Pendu, madame... Qu'a t-il fait?

Elle fait signe qu'elle l'ignore.

— Vous êtes malheureuse, je le vois, et moi je suis en danger. Voulez-vous m'aider?

— Oui, Monseigneur.

— Je ne suis qu'un fugitif, dit tristement l'homme, et en grand danger d'avoir la tête coupée, si on m'arrête.

Elle le regarde avec des yeux flambants.

— Tenez, reprend-il voici ma bourse, elle doit encore contenir cent louis d'or. Sauvez-moi !

— Que puis-je faire, Monseigneur?

— Gardez-moi ici caché.

— Si on vous poursuit et qu'on vienne?

— Il y a bien des cachettes connues de vous dans cette forêt.

— Sans doute.

— Vous m'y apporterez à manger, et, si je puis

rester ainsi quelques jours, ensuite je fuirai, et ma reconnaissance ne sera pas vaine, croyez-le.

Elle ne sait vraiment pas ce que cet étranger nomme reconnaissance, mais elle approuve.

— Qu'avez-vous donc fait, Monseigneur?

— J'ai gravement offensé le Roi.

II

LE FUGITIF

LA CHALOTAIS. — *Traître au roi, à la France. J'en ai les preuves.*

YVON. — *Où sont-elles ?*

PAUL FOUCHER et ALBOISE.
La Salpêtrière (Acte IV, scène X).

A ce moment Babet entendit un bruit lent de marche et reconnut que Jean lui revenait. Une sorte de frisson parcourut son corps et elle se mit à rire nerveusement.

— Qu'avez-vous ? dit le fugitif.

Elle se retourna vers la porte. L'incertaine lumière dénonçait un homme en marche. Bientôt, le gentilhomme comprit qu'un nouveau venu approchait.

Il recula vers le fond de la chaumière en disant à voix basse :

— Madame, je suis pris...

La chaumière était obscure, mais il entendit qu'elle riait sinistrement. A ce moment une voix appela :

— Babet !

— Je suis là.

– Allume donc !

Elle prit la pierre à feu et se mit à la frapper avec un morceau de fer. Des étincelles jaillissaient. Elle les dirigea vers une petite boîte contenant du linge brûlé.

Et le linge devint aussitôt incandescent.

Alors elle en approcha une pincée de mousses sèches et la flamme sauta sous son souffle.

Rapidement, elle enflammait la mèche pendue dans la lampe au plafond, Jean Hocquin entra.

Son premier coup d'œil fut pour l'étranger debout sur le mur du fond, non pas tremblant sans doute, mais visiblement angoissé.

Babet dit en le désignant.

— Ce seigneur va te raconter pourquoi il est ici et ce qu'il veut. Tu es libre?

— Oui, le bourreau n'a rien pu m'arracher. Alors, on m'a jeté hors du château. C'était mon désir...

Il se coucha sur la paillasse avec un soupir d'aise.

— J'ai souffert, vois-tu.

— Enfin tu es sauvé?

— Oh ! je crois tout de même qu'il ne me faudra point reparaître devant le baron.

» On me pendrait cette fois sans plus de façons.

Le seigneur inconnu prit la parole :

— Monsieur, je vais vous expliquer la raison de ma présence ici :

» Je suis en fuite et poursuivi par les gens du roi.

— Que m'importe ? fit maussadement Jean Hocquin.

— Je vous le dis pour que vous compreniez ceci. Hier j'ai été arrêté, à dix lieues peut-être, et, comme je risque ma tête, j'ai tué un de mes gardes, puis me suis enfui.

— Bien ça !

— J'ai marché absolument au hasard et traversé des villages nombreux. Enfin, trop las pour continuer, et redoutant les agglomérations où on me découvrirait facilement, j'ai cherché une demeure isolée, pour m'y présenter et demander hospitalité. J'ai trouvé la vôtre...

— Soit ! fit Hocquin, vous êtes en sûreté.

— Vraiment ?

— Vous l'êtes. Mais vous ne le serez plus si on vient me surveiller ou m'arrêter encore.

— Que faire, Monsieur ?

— Courir d'abord les mêmes risques que moi, fit rudement le braconnier.

— Vous avez raison.

Rassuré l'étranger se rapprochait.

— Je ne vous oublierai jamais, dit-il d'une voix chaude. Comment vous nommez-vous ?

— Jean Hocquin...

— Soyez assuré qu'un jour le bienfait que vous me rendez sera payé, et largement.

— Que devez-vous espérez ? dit le braconnier avec ironie.

— Sans doute, fit l'autre rasséréné, ne pouvez-vous pas vous rendre compte ici de la façon dont les choses marchent à Paris et autour du roi.

— Je n'en ai pas la moindre idée, fit le chasseur, mais je pense que c'est un peu comme partout.

— Pas du tout. Tout y repose sur la faveur et sur les amitiés.

» Je suis à cette heure un fugitif, mais le roi n'est pas immortel. Je puis être le bras droit de son successeur, et même, si sa maîtresse change, ou son premier ministre, il se peut que loin d'avoir, comme je l'aurais en ce moment, la tête coupée, je sois un jour en passe de devenir duc...

Babet eut une sorte d'aspiration lente et ses mains la brûlaient. Elle se dit secrètement.

— Satan... satan, enrichis-nous !

Un silence régna. Chacun suivait ses idées avec une sorte de tristesse âpre. Le sentiment de l'instabilité et de la changeante incertitude de tout ne peut apporter de consolation qu'aux âmes entraînées à concevoir l'abstrait. Ni Jean Hocquin ni Babet n'y étaient aptes.

Mais le braconnier avait toutefois au plus haut degré le goût et le sens de l'aventure. Il aimait d'instinct tout ce qui ne se réalise point dans le plan des conceptions villageoises. Le risque avait, devant sa sensibilité fruste, un attrait obstiné. Il se mit à rire sans fiel.

— Dites, remarqua-t-il, que vous m'auriez peut-être fait occire il y a huit jours.

Il se gardait d'aucune formule de politesse, sentant très bien que cet errant ne fut à cette heure rien de plus que lui-même, doutant aussi qu'il put jamais sortir de sa défaite présente.

L'autre ne nia pas, mais s'humanisa :

— Qui n'a pas risqué de commettre de graves fautes. Je ne puis vous céler n'avoir jamais vu une demeure aussi pauvre que la vôtre. Cela m'apprend que bien des choses, sur lesquelles naguère j'eusse décidé sans méditer, me sont en réalité inconnues.

Il voulut conclure enfin cette conversation embarrassante et dit :

— Acceptez-vous de me garder quelques jours et de m'aider le moment venu, pour que je puisse gagner Paris.

— Mais le roi est bien à Paris, fit railleusement le chasseur.

— Certes, mais j'y trouverai des amis pour me

donner un abri sûr. Et, entre temps, on tâchera de me faire rentrer en grâce.

— Je vous guiderai. Paris est à trente lieues m'a-t-on dit.

Babet se demandait entre temps ce qu'il allait advenir de la bourse de l'inconnu, elle restait allongée sur une table branlante, faite par Hocquin lui-même. La question fut tôt résolue :

— Voici toute ma fortune dit l'étranger en désignant, avec un rien d'émotion, l'espèce de treillis emperlé allongé et gonflé comme une andouille.

— Qu'y a-t-il ? demanda le braconnier.

— Quatre-vingt dix-sept louis, je crois.

— Fort bien. Reprenez-là. Vous en aurez peut-être besoin pour vous remettre en selle, s'exclama le mari de Babet...

— Mais vous...

— Nous sommes habitués à ne rien avoir. Lorsque vous serez de retour à Paris, pensez à ce qui nous manque ! Voilà ce que je vous demande. Si vous l'oubliez, tant pis pour nous. Je ne vends pas l'hospitalité.

Et, après une minute muette :

— La paillasse est dure mais assez large pour trois. Couchons-nous, je vous prie, monsieur ! Demain nous parlerons de ce qui vous importe encore. Ce que je puis vous dire, c'est que je suis moulu, ayant été appliqué à la question aujourd'hui même et à une question bien faite pour mener à tous les aveux.

Tous se tassèrent sur la couche et étendirent un lourd tissu débordant sur eux.

Mais Babet se leva au bout d'un instant.

— Il me semble entendre je ne sais quoi dehors. Je vais voir.

— Prends mon coutelas, dit Hocquin.

— Je vous accompagne? demanda poliment l'étranger.

— Non, restez-là. Je sais me défendre de toutes les bêtes.

Et se dirigeant vers la porte, elle ajouta :

— Même à deux pieds.

Dehors, c'était le clair de lune le plus ténébreux. Une blanche aiguille courbe occupait seule le ciel et y répandait quelque chose de diabolique.

La femme écouta. Nul bruit ne rompait la mutité universelle.

Elle se dirigea alors vers la partie creuse de la combe en suivant le ruisseau.

Soudain, elle s'arrêta : Un hurlement perdu dans l'air se répandait sur la forêt, le hurlement d'un loup affamé.

Babet frissonna, mais, le coutelas au poing, elle continua de marcher.

Elle voulait voir le sorcier.

Et une ombre cornue dansait, croyait-elle sur ses pas.

III

LA FUITE

> *Pourtant, il semble possible de présenter sous un jour un peu plus favorable la cause de la superstition.*
>
> J.-G. FRAZER,
> L'homme, Dieu et l'Immortalité (141)

Trois semaines, l'étranger demeura caché chez les Hocquin. Il n'avait auparavant aucune idée de la façon dont vivent les tristes serfs de tous les domaines en France, et il mesurait maintenant avec un peu d'épouvante l'abîme de misère où ils étaient plongés.

C'était un homme cultivé. Il connaissait les poètes latins et les grecs. Il savait comment pouvaient vivre, selon Hésiode et selon Virgile, les rustiques habitants de la vieille Hellade et du Latium.

Or, il constatait que leur sort était, il y avait tant de siècles, plus heureux que celui de ses contemporains...

Il admirait certes la fière audace de Jean Hocquin, mais surtout la belle dignité de sa compagne. Tous les deux parlaient d'ailleurs peu, et Hocquin finissait, avec sa femme même, par ne plus parler du tout.

Toutefois, Babet aimait à questionner l'inconnu et à lui demander mille choses naïves qui le troublaient étrangement.

Il aima cette intelligence ardente ouverte à tout dans une ardeur inquiète. Elle devinait parfois, et, avec une sorte de lucidité bizarre, des choses qui lui étaient pourtant tout à fait étrangères. Surtout, ce qui frappa son éducateur, fut que cette femme eut comme un maladif désir de devenir riche, et que pourtant elle restât désintéressée. Il comprit qu'il y avait là, plutôt conception morale du monde, ou vœu d'équité, que de la cupidité.

Un jour elle lui appartint. Il aima cette chair dure et tendue sur une ossature robuste. Il admira cette passion audacieuse qui soulevait le corps aux innervations effervescentes. Surtout, l'émerveillait l'espèce d'enthousiasme sacré avec lequel cette femme obscure se donnait. On eut dit qu'elle accomplissait un rite religieux.

Et il songea aux prostitutions sacrées des temps

païens. Ainsi devaient se racheter tant de choses que nous prenons l'habitude de tenir pour immondes. En réalité, seul l'état d'âme avec lequel on aborde n'importe quel acte lui donne valeur éthique positive ou contraire.

Babet ne tenait pas la fidélité à son mari pour chose obligatoire. Elle avait été mariée devant un prêtre, parti plus tard avec une fille des étuves, une Parisienne venue habiter le pays après un vol qui avait fait bien du bruit.

Sans doute la fille était-elle riche. Babet la supposait aidée par le Diable. En tout cas, elle tourna la tête du tabellion, qui faillit, pour ce, être empoisonné par sa femme, puis de l'intendant du baron des Heaumettes, M. Galant, puis du curé, qui un beau jour, avait fui avec la maudite.

Et Babet se demandait, pénétrée un peu des leçons que lui avait données son premier éducateur, lequel tournait à la religion des Cathares, si le mariage fait par un mauvais prêtre est bien saint et impératif dans ses défenses.

Elle n'avait jamais été caressée avec ce soin minutieux et pervers, qu'on apprend à Paris près des filles d'étuves et dans les innombrables maisons à donzelles. Elle en avait entendu parler comme d'une sorte d'intervention satanique, qui enlève à l'acte amoureux toutes ses vertus, même en mariage.

Et lorsque le jeune fugitif, en l'absence de Jean

Hocquin parti chasser, s'avisait de lui parler d'amour, sûr de l'émouvoir, elle tremblait de joie et d'espoir de fortune. Car Satan lui apparaissait.

Il ne lui venait d'ailleurs point à l'esprit que de telles délices fussent autre chose que des plaisirs envoyés par l'Enfer. Il les offre à celles qui lui appartiennent, afin qu'elles regrettent moins leur part perdue de Paradis...

Dans les minutes où son âme hésitait sur la route à prendre, et où elle eut désiré se racheter devant Dieu, elle s'avouait pourtant, que la joie d'amour vaut la perdition...

Une horreur la prenait toutefois, après ces exaltations mystérieuses, dont elle ne pouvait s'exonérer l'âme, et elle priait soit Dieu, soit Satan avec des mots semblables et dans une sorte de farouche égarement.

Jean Hocquin continuait son dangereux métier. Dès la nuit venue, il partait en chasse, hardi et dur, aimant à souffrir de la bise froide et de mille menaces, tandis qu'il laissait sa Babet avec le jeune étranger. Il n'avait aucune jalousie. La passion amoureuse était toute hors de sa pensée. Même il éprouvait une façon de plaisir à comprendre que Babet fut tendre avec le gentilhomme poursuivi. Il se disait: « Que je sois pendu demain et elle aura ce protecteur. »

Ou encore: « Ne faut-il pas qu'elle éprouve un

peu ces sentiments délicats qui poussent les belles femmes de la ville à prendre des amants parmi la jeunesse imberbe. »

Et il riait.

La chance d'ailleurs, une chance qu'il nommait lui-même diabolique, l'accompagnait constamment. Il évitait toujours les embûches de ses ennemis des Heaumettes et les attaques des loups ou des sangliers. Une fois, un serpent, éveillé malencontreusement, tandis qu'il levait des collets où gisaient trois martres, sauta sur lui et mordit sur les moufles qu'il venait de quitter.

Une autre fois une louve l'assaillit par derrière et le culbuta, mais il sut l'éventrer à temps.

Les gens de la ville achetaient, enfin, fort bien, le produit de ses chasses. Acquebert, le fourreur, payait haut les fouines, martres, hermines et même les renards. La baillive trouvait que les lièvres fussent obstinément trop maigres et les marchandait, mais fréquenter sa maison le protégeait. Cela incitait aussi d'autres bourgeois à acheter le gibier de Hocquin. On disait: On en prend bien chez le Bailli...

. . . .

L'hiver se terminait et déjà on voyait des bourgeons aux arbres, lorsque l'étranger demanda à son hôte s'il voulait le conduire en toute sécurité à Paris.

Hocquin accepta, mais il fallut que l'autre se vêtit comme lui de misérables hardes, et se donnât l'allure d'un berger sans troupeaux. Moyennant quoi, on gagnerait la ville avec précaution en marchant de nuit et se reposant de jour dans des coins choisis.·

A Paris, le gentilhomme trouverait de l'or chez des parents, et le donnerait à son sauveur. Les cent louis apportés étaient déjà un rien écornés, ou allaient l'être pour les préparatifs et la réalisation du voyage.

. . . .

Un soir, à dix heures, les deux hommes partirent. Hocquin, s'était absenté tout le jour pour reconnaître la route et veiller sur les gens d'Assien dont il fallait traverser les terres.

Durant cette après-dînée-là, Babet voulut se gorger d'amour pour longtemps. Elle pensait même que peut-être serait-ce pour toute sa vie.

Et ce furent des pâmoisons impudentes et désespérées, des enthousiasmes ardents où le rire se mélangeait à la joie, des élans qui voulaient tromper et bafouer toutes les sagesses sans passion.

Le jeune étranger se sentait lui-même envoûté par cette fièvre émanée de l'enfer, et il s'y donnait ardemment parmi les appels gémissants de sa maîtresse.

— Ecoute, dit-elle, je t'aime à en mourir.

— Moi je t'aime, comme on dit que seul Satan peut inspirer l'Amour.

Elle se cachait le visage dans les mains.

— C'est, mon ami, que je suis damnée !

— Non ! fit-il, on n'est jamais damné.

Elle poussa un cri de joie:

— Tu le crois vraiment?

— Certes ! ne dit-on pas que la miséricorde de Dieu est infinie.

— Ah ! dit-elle, aime-moi longtemps, je suis trop heureuse.

. . . .

Les deux hommes armés de solides gourdins sortirent de la chaumière avec lenteur.

— Adieu ! fit doucement Babet.

Comme l'étranger, déjà en marche, se tournait vers elle, la femme sut encore deviner son visage ému. Elle lui tendit invisiblement ses deux mains en coupe où elle déposait de féroces et silencieux baisers.

Bientôt les voyageurs disparurent, et, au bout d'un temps assez long, Babet ne perçut plus le bruit de leur marche.

Le ciel était gris de cendre et semé d'étoiles. L'atmosphère tiède caressait sa figure et son corps, qui restait ému des tendresses de l'après-midi.

Alors Babet se dirigea, ayant pris une pièce d'or, vers l'antre du sorcier.

Peut-être cette nuit verrait-elle le Sabbat. Et Babet, enfin, toucherait Satan face à face, puis se donnerait à lui.

IV

LE VOYAGE.

*Arrivé là, il vit à la clarté de la
lune un épouvantable spectacle...*

E.T.A. HOFFMANN.
Contes Fantastiques
(La femme vampire).

— Prenons le gué de ce ruisseau, dit Hocquin
à son compagnon.

Ils se trouvaient au bord d'un petit cours d'eau
qui contournait la ville vers le nord, et venait se
perdre sous le château des Heaumettes. Cela expli-
quait à la fois qu'on y put manquer d'eau, lorsque
le ruisseau était détourné, comme cela advint durant
les dernières guerres, et que parfois le corps d'un
homme, aux membres rompus, fut découvert flot-
tant dans la rivière voisine. Sans doute cette onde
traversait-elle, en sortant de la colline, où elle ra-
massait les suppliciés, quelque distance sous la terre

avant de se jeter dans le fleuve. Ils passèrent, avec de l'eau jusqu'aux genoux.

Sur l'autre rive, Hocquin écouta soigneusement.

— Ecoutez, nota-t-il, je n'ai pas voulu vous avertir, mais il y a par ici un guet-apens, je ne sais contre qui dressé. J'ai vu deux nuits de suite, et ce jourd'hui, un poste de quatre hommes à droite, un autre plus loin à gauche, et un troisième fermant l'autre gué, celui qui permet de franchir la rivière.

— Que faut-il faire? dit l'autre avec un rien de cette émotion qui tient les cœurs les plus généreux devant une menace trop directe et trop vague à la fois.

— Nous allons tout bonnement suivre les courtines du château, puis pénétrer dans les vignes du couvent des Dominicains et les traverser de bout en bout. Lorsque nous en sortirons, nous serons sortis de la nasse, mais il faudra traverser la rivière à la nage.

— Je nage bien, certifia le jeune homme.

— C'est donc entendu.

Ils rampèrent à travers des propriétés, sans autres défenses ou limites que des cordes goudronnées, puis, au bout d'un temps assez long, se trouvèrent au pied de la butte où s'élevait le château des Heaumettes.

Là, Jean Hocquin s'immobilisa un instant. Enfin, rassuré, il commença de suivre les hautes murailles qui, sous le reflet incertain de la lumière stellaire, semblaient encore plus formidables.

Ils rencontrèrent deux hommes. Eux aussi avaient l'air de mener à bien quelque affaire louche ou dangereuse, mais ils ne virent point Hocquin et son compagnon qui les devinèrent les premiers.

Et ce fut le passage par-dessus les murs du couvent de Saint-Dominique. Là, cent moines vivaient sur un large épaulement de terrain, face au sud. Le vin qui se faisait chez eux était d'ailleurs fort renommé.

Ils restèrent en contact avec le mur, Hocquin marchant en tête. Le braconnier avait dit qu'en cas d'incident, s'ils étaient découverts, ils ne devaient espérer aucune pitié. Le supérieur était, en effet, un ancien homme de guerre, qui gardait la dureté de mœurs des camps où la vie d'un homme, et de dix, et de cent, apparaît une valeur tout à fait négligeable.

— Ont-ils des chiens? demanda le jeune homme.

— Un seul et je l'ai tué hier.

Ils marchèrent très longtemps. A certain moment, on entendit le bruit des hymnes religieux. C'était l'heure où les moines se réunissent dans la chapelle et invoquent le Créateur.

Le plain-chant se répandait avec majesté sur la campagne muette, et les orgues qui soutenaient les voix humaines de leur orage magnifique, donnaient cette musique comme une semence dans la nuit.

Enfin, le mur tourna.

— Il faut sauter ici, dit Jean Hocquin.

Et il aida son compagnon, puis franchit la clôture à son tour.

Assez loin, au bas d'une déclivité semée de bouquets d'arbres, on voyait la rivière qui luisait comme une glace et reflétait les étoiles innombrables.

— Voyez, le gué est surveillé à six cents pas en amont.

Ils descendirent vers les eaux dont la fraîcheur se percevait déjà dans l'air.

Quand ils furent sur la rive, ils s'assirent pour prendre un instant de repos. Ils écoutaient aussi les bruits rares qui flottaient en suspension autour d'eux.

Ils perçurent à certain moment le bruit d'un pas de cavalier, et des cliquètements de métal leur firent comprendre que c'était un homme de guerre.

— Où est-ce? demanda le jeune gentilhomme.

— De l'autre côté, à droite. Cela s'éloigne de nous.

Et, comme un petit bruit venait également derrière eux, Hocquin ajouta:

— Déshabillons-nous! Vous avez la corde pour faire un paquet de vos hardes. Vous attacherez cela sur votre dos, par le cou. On peut espérer parvenir ainsi en face sans trop mouiller son harnois.

Ils le firent et se mirent à l'eau très doucement. Ils nageaient avec lenteur.

Lorsqu'ils parvinrent, un peu en aval, sur l'autre rive, ils se secouèrent joyeusement.

— C'est froid.

— Oui, êtes-vous parvenu à garder vos vêtements secs ?

— Presque.

— Habillons-nous donc et repartons.

Et, sitôt vêtus, ils s'enfoncèrent dans une campagne plus aride et sans arbres, mais où Hocquin paraissait se trouver à l'aise.

— Nous sommes sur les terres de la comtesse d'Assien.

— Ah ! je la connais.

— Vraiment ?

— Certes, elle est mûre, mais singulièrement méchante et mauvaise langue. Elle est avare aussi.

— Silence !

Ils avancèrent des heures durant, sur le repère des étoiles, et en suivant des sentes, ou en coupant à travers champs.

Parfois des chiens aboyaient, dans des cours de fermes invisibles. On entendit aussi passer assez loin une lourde voiture dont les chevaux portaient des grelots.

Et puis, lorsque la fatigue vint, le jour commença de naître. Hocquin, en furetant, découvrit alors une ancienne maison brûlée, dont il ne restait que trois murs et un morceau de toit. Il était visible, à l'herbe qui poussait tout autour de ce gîte détruit, que personne n'y venait jamais. Ils y pénétrèrent et s'allongèrent sur le sol gazonné.

— Nous pouvons dormir, dit le braconnier. Mais si vous le voulez, nous allons manger un peu.

Et il défit un quignon de pain noir avec deux larges morceaux de lard.

Une heure après ils sommeillaient tous deux.

Le soir revint, après que bien des menaces dont ils n'avaient pas conscience eurent frôlé les deux voyageurs. Des soldats en maraude, déserteurs sans doute, et des rôdeurs qui n'étaient point soldats s'approchèrent. Tous faillirent pénétrer dans la demeure incendiée et ne s'éloignèrent qu'avec l'espoir de mieux trouver plus loin.

Ce furent aussi des paysans soupçonneux, puis un carrosse qui s'arrêta à côté, parce que la dame qu'il menait avait un petit besoin à faire disparaître. Elle vint s'accroupir derrière le pan de mur écroulé, et, une fois satisfaite, pensa mutinement regarder ce qu'il y avait là-dedans.

Par chance, elle était pressée et craignit d'écorcher ses doigts...

La nuit revenue, les deux voyageurs reprirent leur marche après un autre festin de lard et de pain dur.

Ils allaient plus vite maintenant. Il devenait assez

naturel de voir des gens se diriger la nuit vers Paris. Et puis, il faut toujours mieux aller vite que doucement, lorsqu'on est en danger, car la lenteur est toujours le danger principal. Non que les deux hommes fussent immédiatement propres à mettre à mal ou sous les liens. Ils avaient le droit d'être en route et nulles défenses connues d'eux ne les faisaient soupçonnables.

Toutefois, comme l'avait dit Hocquin, on ne sait jamais, si innocent que l'on paraisse, lorsqu'on est admonesté par un courrier du Roi, par une troupe d'hommes d'armes, et par des paysans en groupe qui sont tout prêts à vous accuser de tous les délits dont souffrit depuis six mois le village voisin, ce qu'il en peut advenir...

Et il n'est jamais rassurant d'avoir à dire aux gens, une vérité trop riche en mystères, car qui vous questionne ne supposera jamais en vous de pures intentions...

Ils avancèrent ainsi toute une nuit, dormirent un jour dans les bois et reprirent leur dure route.

Le soleil se levait, le troisième jour, lorsqu'ils virent, d'une colline gravie avec la route, surgir un amas de toits fumeux et des monuments innombrables:

Paris!...

V

LES SORCIERES

Ce mystère sacré veut un profond secret.

GENTIL BERNARD.
L'Art d'aimer (Chant VI).

Babet se rendait à la demeure d'été du sorcier. Le vieux juif avait quitté, en effet, sa caverne fumeuse, pour venir, comme chaque année, dans une ancienne carrière creusée plusieurs siècles auparavant, et dont la pierre dût servir à édifier quelque village disparu depuis.

Cette carrière comportait une entrée à ciel ouvert, d'ailleurs dédalienne, et si compliquée que les curieux ne s'y risquaient jamais.

Ensuite, on suivait un long boyau obscur rempli de chauves-souris voltigeantes, dont les ailes d'ouate terrifiaient les visiteurs. A la fin on ressortait en plein air dans un petit cirque occupant le sommet d'une sorte de piton agressif, perdu dans le fouillis forestier.

Au demeurant, tout cela était en sus entouré d'une épaisse zone végétale sur laquelle planait depuis des temps immémoriaux, la terreur et le maléfice. On prétendait que les gens dussent y attraper la lèpre, et nul villageois ne s'en approchait.

Babet s'engagea dans le boyau en tremblant. Il était défendu de porter une lampe et il fallait, pour avancer, tenir la main en contact avec la paroi. Pour se protéger, elle invoquait Satan.

Bientôt elle fut au centre d'une sorte d'entonnoir, au-dessus duquel le ciel arrondissait sa coupole piquetée de lumières.

Assis sur son trône de pierre, le sorcier était là.

Il se caressait la barbe sous la lumière fauve d'une torche.

— Ah, ah ! fit-il en voyant arriver la femme du braconnier, je crois que tu es cette fois sur le chemin du bonheur.

— Il s'en faut ! dit-elle amèrement, en pensant que son amant était parti peut-être à jamais.

— Bah, riposta l'autre, c'est toujours ainsi dans la vie, on est parfois malheureux, mais c'est justement le début de toute félicité.

Il fit ensuite un signe cabalistique et demanda :

— Tu invoques le Malin tous les jours ?

— Oui, reconnut Babet.

— Comment t'y prends-tu?

— Comme vous m'avez dit.

— Ton sang secret n'est-ce pas?

— Oui !

— Du froment?

— Certainement !

— Des râpures prises sur les pustules d'un crapaud baptisé?

— Je n'y ai pas manqué !

— Et la main d'un pendu?

— J'en ai acheté une.

— A qui?

— A Aude, la fille du bourreau d'Assien.

— Tu as eu tort. Il faut aller couper cette main
soi-même au pendu, la nuit qui suit sa mort. Satan
veut être obéi. Sinon tout échoue.

Il demanda encore :

— As-tu eu la mandragore?

— J'ai cherché en vain. Il n'y avait rien sous le
gibet où l'on a branché l'autre semaine le dompteur
d'ours et sa femme.

— On avait dû y aller avant toi. Je te l'ai dit,
Satan guette le pendu, auquel il donne cette grâce
de mourir au sein des jouissances les plus exquises,
et c'est exactement au-dessous de son agonie que
naît de lui la mandragore.

— Je ne puis le croire.

— Tu es une truie abjecte ! Ce que je dis est

parole de vérité. Sais-tu que mes aïeux sont sorciers de père en fils depuis mille ans. Nous avons exercé cet office dans tous les pays du monde.

— Cela ne vous enrichit pas.

— J'ai d'autres bonheurs que la richesse, sotte ! Enfin sache que l'âme du pendu germe la nuit même et produit une semblance de racine blanche qui sort de terre à moitié et qu'il faut arracher en tournant la tête. C'est la mandragore. Elle crie en sortant du sol, mais ce cri c'est la preuve de son efficacité.

— Et qu'en fait-on ?

— Des charmes si puissants que le Maudit lui-même est contraint de leur obéir. On transforme des ronds de carottes en pièces d'or, on devient invisible à volonté, on est mage et sorcier.

— Vous pouvez vraiment devenir invisible ? demanda Babet terrifiée.

— Oui, certes.

Et il se leva.

— Tiens !

Il prononça quelques paroles incompréhensibles et fit en l'air des signes étranges en forme de croix. A la fin, il leva sa robe qui soudain tomba à terre.

Et Babet ne vit plus rien devant elle. Le mur de pierre seul était là et la robe du vieillard chue sur le sol.

Elle eut vraiment peur et cria :

— Dites, dites, reparaissez !

— Tourne-toi, fit une grosse voix qui semblait venir de l'au delà.

Babet cacha sa figure, et, lorsqu'elle écarta les doigts, revit l'homme assis à nouveau sur son fauteuil pierreux.

A ce moment, des voix sonnèrent derrière elle, et entrèrent quatre femmes se suivant, dont la première seule avait les yeux ouverts, les trois autres portaient un bandeau et marchaient tenues par la main.

Le sorcier éclata d'un rire strident.

— Mettez-vous toutes à terre sur le ventre que je vous consacre, impures.

Elles se rangèrent en tremblant et se couchèrent. Il défit les bandeaux et décrivit un cercle autour du groupe, puis marmotta des vocables barbares et demanda :

— La poule noire?

— Voilà ! fit une des femmes en sortant une volaille bien attachée de sous ses jupes.

— Criez toutes : Satan, j'implore ta protection ! reprit-il, en prenant la poule.

Et, au premier cri tremblant des malheureuses, qui étaient partagées entre l'épouvante et la curiosité, il trancha le cou de la poule et aspergea tout le monde de son sang.

— Mettez-vous nues, commanda-t-il nous allons aller au sabbat.

— Non ! pleura une des arrivantes, toute jeune, et que Babet reconnut pour la femme d'un marchand des Heaumettes, non, je n'ose plus...

Le sorcier s'approcha d'elle et la regarda de près. La lumière qui régnait là était bien vague, mais ce regard eut pourtant un effet prodigieux, car la femme s'abattit en arrière en éructant des mots obscènes, gémit, hurla, aboya, puis s'endormit sinistrement.

Pendant cette scène, tout le monde s'était dévêtu.

Le sorcier tourna à pas rapides autour des femmes, dont les corps avaient une étrange apparence, sous la clarté rousse de la torche. Il prit alors un grimoire dans un coin. Le tenant d'une main et un crapaud dans l'autre, il fit un abominable appel à la puissance de Satan.

Il plaça enfin un pot plein d'onguent au centre du groupe et dit :

— Oignez-vous.

Toutes puisèrent dans le pot et se couvrirent de cette mixture satanique qui sentait le mystère et le poison.

Et elles en passèrent sur le corps de la femme étendue, qui proférait toujours des mots immondes en dormant.

Le suppôt du Diable fit boire alors à chacune une écuelle d'un alcool puissant qui leur brûla la gorge et dont l'amertume donna la nausée à Babet. Ensuite il attendit en chantant des incantations ricaneuses.

Un long moment après, ayant toutes perdu connaissance, les cinq femmes reposaient à terre en des postures convulsées. Toutes semblaient en proie à un délire exténuant.

Babet s'était ointe comme ses compagnes de l'onguent puant qui lui était donné. Elle, qui se lavait chaque jour avec soin dans le ruisseau, depuis surtout qu'elle était amoureuse, sentit vite une sorte de démangeaison parasitaire qui courait sur sa chair puis ce fut une chaleur sourde, enflammant d'abord ses vertèbres, son cou, ses seins et ses mains.

C'est à ce moment-là qu'elle but le liquide offert par le sorcier. Aussitôt, une flamme coula en son corps, elle eut envie de rire et de chanter. Le désir la possédait farouchement. Elle connut enfin que toute vigueur s'échappait de son corps vaincu. Elle se laissa tomber à terre. Ce simple contact éveilla en elle mille et mille sensations aiguës... Il lui semblait que des aiguilles fouillassent sa peau. Et la lente dilacération térébrante se transformait en un plaisir inouï qui se renouvelait sans répit.

Alors, elle vit un diable apparaître comme un oiseau à face humaine. Il lui mit un manche à balai entre les jambes, la dressa d'une bourrade, et fit un geste.

Babet se sentit emportée vers le Sabbat.

TROISIEME PARTIE

LE SABBAT

> *Le prêtre basque que Lancre*
> *montre si léger, si mondain, allant,*
> *l'épée au côté, danser la nuit au*
> *sabbat, où il conduit sa sacris-*
> *tine...*
>
> MICHELET. La Sorcière (229).

LES MAUDITS

On confectionne, d'après Mgr Ba-
zin, le Donkono (charme-poison
nègre) avec du fiel de dodo, poisson
singulier du Niger. On mélange ce
fiel à de la fiente de hyène, mais
je croirais volontiers qu'il doit
aussi entrer dans sa composition
de la poudre de strophantus.
        L.. TAUXIER. La religion Bambara.

Babet, plus tard lorsque furent accomplis tous les événements racontés dans cette histoire, se demanda souvent si, durant cette nuit étrange, elle avait vécu ou rêvé.

Reprenant les faits un par un, elle se rendait bien compte que l'onguent devait contenir une huile essentielle propre à la plonger, comme ses compagnes dans un délire à la fois érotique et hallucinatoire : belladone, jusquiame, pavot y avaient collaboré.

L'alcool complétait cette préparation.

Mais le Sabbat?

Les avait-on toutes emmenées à ce Sabbat où la folie du moment leur inspirait les actes les plus horribles, ou bien si le Sabbat n'avait existé que dans un rêve prodigieux qui les visitait en même temps?

Voilà ce qu'elle ne put jamais éclaircir. Les cinq femmes se souvenaient des mêmes événements, et il était bien difficile de prétendre que les rêves de plusieurs êtres pussent être identiques dans le temps.

Alors, il fallait croire à ce ramassis de scènes hideuses et atroces qu'elle avait vues réellement?...

Elle-même s'était donc assujettie à tels actes dont le seul souvenir la glaçait d'effroi.

Combien de fois questionna-t-elle les autres qui étaient là et l'avaient connue au Sabbat. C'était d'ailleurs une sorte de solidarité secrète, un lien immonde, mais puissant, que le souvenir de cette confraternité hideuse et démoniaque. Et le secret restait bien gardé.

Mais chacune répétait ses propres actes, à elle, Babet, comme elle se souvenait justement de les avoir accomplis et comme sans doute ils avaient été vus. Donc le Sabbat existait.

Et pourtant, endormies dans la caverne du sorcier, elles s'y étaient réveillées au petit jour, pleines d'effroi et d'orgueil, puisque Satan les avait sanctifiées, mais dans le lieu même où elles se souvenaient d'être tombées, ointes d'onguent et saoules d'alcool.

Mieux, Babet se souvenait qu'à la femme du regrattier, la jolie blonde qui d'abord refusait d'aller au Sabbat, l'ongle du diable avait fait durant l'affreuse nuit une longue estafilade sur un sein.

Et, au réveil, elle vit la rainure ensanglantée où avait passé l'épouvantable griffe du Malin.

Il y avait d'autres traces ignobles et inavouables encore...

Il fallait donc croire?

Mais comment seraient-elles allées au Sabbat pour se retrouver, pieds nus et sans traces extérieures du voyage, au lieu même où elles s'étaient endormies?

Jamais Babet ne put expliquer tout cela. Tantôt un argument lui faisait admettre définitivement qu'elle avait rêvé et que le Sabbat se passait dans des esprits hallucinés, tantôt elle était certaine d'y avoir vécu une diabolique nuit.

Et le plus troublant, c'est que, se souvenant longtemps après du lieu — bien connu d'elle et proche de sa demeure — où elle avait vu jeter le corps de l'enfant égorgé à Satan, elle y revint et trouva sous le buisson, dont la mémoire lui restait nette, un petit squelette qui semblait dire : Tu n'as pas rêvé...

. . . .

Le manche à balai l'enlève donc comme une plume, et Babet ne sait comment la chose se fait, mais elle s'y tient fort bien, tout ainsi que sur un cheval se tient le bon cavalier.

Elle parcourt les airs à une vitesse folle. Au-dessous, dans une clarté sans doute surnaturelle, car il fait nuit et ce petit bout de lune qui apparaît au couchant ne saurait illuminer le monde, la campagne se déroule, aussi nette qu'en plein jour. Hormis qu'en plein jour personne n'a jamais volé ainsi sur un balai au-dessus des prés, des boqueteaux, des futaies, des vignes et des buissons.

Elle passe sans efforts sur un toit d'Eglise et domine soudain le château des Heaumettes. Ensuite elle revient vers sa forêt. C'est une promenade avant le Sabbat...

Au ciel, les étoiles sont plus proches et plus brillantes. Tout autour de Babet, c'est une foule de sorcières comme elle, qui bondissent sur leurs montures sataniques. Il y en a de très vieilles aux seins pendants et de jeunes et belles qui ouvrent en riant de bonheur leurs lèvres pourpres. Voici une enfant qui ne doit pas avoir plus de douze ans.

Et la mère Dortée, qui est centenaire et infirme, connue d'ailleurs à dix lieues à la ronde pour sa bosse et sa laideur, chevauche son balai comme une écuyère monte sur sa haquenée.

Sa bosse est disparue et elle se retrouve ingambe ainsi qu'à vingt ans...

Mais la cohue des sorcières s'arrête enfin au-dessus d'un pré situé dans un creux et invisible de partout. Chacune descend, et certaines cabriolent de haut en gloussant de peur, mais nul ne se blesse.

Et soudain une rampe de cierges noirs, s'allume autour du pré, puis, au milieu, sur les marches d'un trône vert et rouge.

Babet, ahurie, regarde tout avec une terreur amusée. Elle est bien vivante et présente, puisqu'elle sent nettement l'herbe humide sous ses pieds nus.

La foule afflue, faite de femmes nues et d'hommes pour la plupart vêtus. Le sorcier que Babet connaît et qui la fit venir n'apparaît point pourtant. Où est-il?

Mais voici une dame en hennin et robe de panne rose : Lascive, elle offre à tous la vue de sa poitrine en invoquant Azraël, un des plus chers disciples de Satan.

On l'entoure et on rit, le peuple va et vient dans le pré et parle à voix basse. Une sorte de terreur règne et une étrange pudeur, car les mains tentent timidement de dissimuler l'horreur des corps...

Babet voit se traîner à ses pieds des crapauds

pustuleux et des salamandres dont les yeux luisent d'une flamme verte.

Un énorme serpent mène toutes ces bêtes vers le trône vide, où bientôt sans doute viendra s'asseoir le maître des Sabbats.

Babet cherche des connaissances. Elle voit passer, l'air lamentable, un galant qui semblait plus éveillé au jour où il lui prit la taille dans la venelle qui passe derrière la maison du Bailli, là où les amants se réfugient au soir tombé pour défier toute vergogne humaine et divine. Et elle remarque quelle sorte de mélancolie épouvantée tient à cette heure tous ces suppôts de l'Enfer.

Car ils se savent damnés.

Mais soudain un grand vent passe, un vent chaud et qui sent les aromates, avec le soufre. Puis, en l'air, c'est une sorte de clarté blonde qui serpente. On devine la venue du Maître.

Un homme d'armes à figure masquée court en brandissant son badelaire. Une femme lui saute à cheval sur le dos en criant :

— Au ladre !

Tout le monde s'éveille. L'audacieuse arrache alors le masque, et l'on voit avec horreur une figure creuse, sanieuse, ravagée et putride de lépreux.

— Je t'aime ! crie au lépreux la dame au hennin en l'embrassant avec frénésie...

Et toutes, comme poussées par une volonté

étrangère, se ruent sur le couple immonde, car, sous les seins la dame est remplie d'ulcères et sa chair goutte du pus.

Mais une voix, sourde et perçante à la fois, tonne dans le pré limité par les chandelles noires qui brûlent et vacillent sans se consumer.

— Voici le Maître du Sabbat.

Une vapeur s'élève de partout, noie les groupes dans une odeur infernale, et fait que chacune et chacun sent un moment sa solitude. Peut-être, à cette seconde, s'il était quelque être ici pour se repentir, lui serait-il permis de fuir l'atroce sacrilège qui se prépare.

Mais tout le monde est excité par la présence du Malin, et se prépare aux débauches qu'il commande, aux plaisirs qu'il dirige, aux succès qu'il promet...

Le nuage se dissipe et tous les assistants se jettent à plat ventre en poussant des cris de joie :

— Il est là !

Sur le trône, une sorte de flamme pourpre oscille et flotte.

Elle se penche vers tous ces corps, nus ou vêtus, dont la salacité du Démon se divertit. Elle s'élève et diminue, puis une voix en sort, horrible :

— Ah ! ça, mes amis, bon Sabbat !

— Maître, soutiens-nous ! crie une voix frêle de femme dans le silence qui succède.

Un rire caverneux répond.

— Maître, réjouis-nous ! brame une autre voix chaude et triste qui se répand comme une prière.

Et Babet, belle comme le jour, se jette sur le trône ou le Diable se fait homme d'un coup. Mieux qu'homme...

II

SATAN

*Quels termes saurais-je trouver,
suffisamment simples dans leur
sublimité, suffisamment sublimes
dans leur simplicité... ?*

EDGARD POË. Eureka.

C'était un mâle svelte et puissant, aux épaules larges et à la taille mince. Sa peau avait la couleur rousse que doivent garder les corps incombustibles soumis aux flammes éternelles de l'enfer.

Il portait deux cornes spiralées sur le front et une forte toison de poils rouges couvrait son thorax. A ses doigts étincelaient des bagues aux pierres flambantes ou verdâtres. Il tenait dans la senestre un sceptre tout impérial. Ses jambes étaient celles de ces animaux que les anciens nommaient satyres.

Il étalait des pieds de bouc dont la corne roussie sentait la graisse brûlée.

Il se tenait donc assis, un rire sarcastique sur sa face belle et ironique. Son regard luisait et il en sortait parfois une petite flamme blanchâtre qui brûlait.

Babet était venue ardemment vers lui. Une force instinctive la poussait, une sorte d'ardeur qui déchirait sa chair et la mettait ensemble en feu et de glace.

Elle s'arrêta seulement à toucher le Maudit. Il souriait. On percevait bien ses lèvres rouges au dessin harmonieux, et son nez busqué dont les narines battaient.

— Maître, cria Babet exténuée d'amour, je suis à toi !

— Tout à l'heure, répondit-il d'une voix ténue et perçante. Il me faut d'abord appartenir à quelques amis...

Il se leva alors. Grand et hautain, son corps répandait une clarté surnaturelle et on vit que ce serait un amant formidable...

A ce spectacle, cent femmes se lancèrent à l'assaut du trône où Satan se tenait. Elles se battaient, s'écrasaient, tendaient la main vers le Démon. On entendit des cris âcres :

— A moi, Satan !

— Satan, je veux t'appartenir !

— S..tan, accepte le don de ta fidèle servante !

— Satan, Satan, je languis de ton amour !

C'était un magma de corps pressés, de faces tendues aux yeux fous, de mains crispées vers la forme maudite et fascinante. Mais lui, accoutumé sans doute à ces délires, ricana :

— Qu'on me donne l'enfant non baptisé, qui seul peut sanctifier mon Sabbat.

Une vieille au sourire hideux, décharnée et osseuse, accourut.

— Voici, Maître !

Elle tendait une petite forme qui vagissait.

— Qui va l'égorger ? demanda le Démon avec une sorte de coassement de plaisir.

— Moi ! fit une voix d'homme.

— A toi donc, mauvais prêtre, mon fidèle et fervent camarade ! Tu mériterais vraiment, si je pouvais le faire, d'être enrôlé parmi mes diables favoris. Tu grillerais moins fort, ou supporterais mieux mes chaudières, lorsque tu mourras...

Il eut un geste de menace :

— Car ce sera bientôt.

— Que m'importe, cria l'homme. Je suis plus que Diable, je suis aussi puissant que Dieu.

Une sorte de terreur plana devant l'affirmation sacrilège, et le Diable sourit encore en tendant la main vers la femme la plus proche, dans le groupe de celles qui le suppliaient.

C'était encore Babet qui se trouvait là. Elle vit une patte griffue et bouillante l'aggripper par le poignet. Tout en elle se rétracta à ce contact, qui sentait les tourments de l'au delà. Mais déjà elle était assise sur la cuisse velue, et sentait une façon de bien-être profond et douloureusement angoissant la posséder.

Le prêtre maudit hurla :

— La toute puissance de Dieu s'arrête, certes devant moi. Elle est incapable de faire que je n'aie cherché le péché...

— Bien dit ! fit le Démon.

Et l'autre, dans une fureur ardente reprit :

— Dieu lui-même ne ravira point à mon crime, l'orgueil d'être antérieur à sa punition. Rien ne peut effacer, et l'Omnipotence de Dieu s'y cassera les ongles, que les actes que j'ai commis, ne soient inscrits désormais comme la création même, au grand livre du Monde. Dieu peut me frapper. Il ne saurait plus arrêter la main qui fût hier criminelle, il ne désunira plus le sacrilège et bestial accouplement, que j'ai réalisé ce matin devant son autel...

Une crise hystérique, à ces paroles effrayantes, à ces blasphèmes monstrueux, saisit les femmes nues qui se voyaient privées de Satan, sur qui se tenait Babet. Elles se roulèrent sur le sol, dans une folie ardente et farouche. Leurs ongles égratignaient le sol et prenaient l'herbe à poignées. Elles la mangeaient ensuite avec volupté. Certaines, reposant sur les talons et la nuque, arquées comme des arbalètes, s'offraient à tous avec des appels, des supplications et des gémissements.

Cependant, le prêtre maléficié avait pris le petit enfant apporté par la vieille sorcière. Il saisit un coutelas sous ses braies et ouvrit la frêle gorge tendre. Il y eut un léger cri, puis le sang se mit à couler.

Tous les assistants du Sabbat se ruèrent alors pour avoir part de cette boisson magique et démoniaque. On voyait des faces haves et dures se pencher, pour recueillir quelques gouttes de la liqueur rouge et les femmes s'en frottaient les seins avec une fureur jalouse, espérant que le Maudit, attiré par l'odeur de cette vie innocente et sacrifiée, les honorerait enfin de ses désirs.

Bientôt, le petit corps fut exsangue. Ce fut alors à qui le palperait et en triturerait la chair. Puis la rage du Sabbat se répandit parmi les assistants, et on ne vit plus que des corps passionnés, vautrés partout et jetant pêle-mêle des plaintes et des invocations. Le Maître riait sinistrement sur son trône, en caressant d'une main Babet et de l'autre un énorme crapaud plein de sanie.

Babet avait vu disparaître sa terreur. Elle se

croyait entre les bras d'un amant tendre et doux. Mais elle n'osait regarder la face ironique et trop belle du Maudit.

Chaque fois que son regard se portait sur le sourire narquois, ou sur le menton énergique et tenace, vers les yeux malicieux qui ardaient d'un feu infernal, ou vers le front puissant couvert de courts cheveux bouclés, elle sentait un doute la saisir. Etait-ce là le démon lui-même, le maître des vices du monde, l'archange foudroyé à l'origine des temps, qui, à cette minute, se conduisait avec elle, faible femme, comme un ami caressant?

Mais soudain elle connut que leur étreinte devenait plus profonde, et que cette union tant attendue et dont elle attendait tant de bonheurs devenait une réalité.

Elle souffrit, attentive à ne point crier et à montrer qu'elle restait digne de cette incarnation des forces mauvaises, dont elle se sentait pénétrée désormais, maîtresse aussi, sans doute.

Une langueur atroce la fit défaillir, puis une inextinguible brûlure qui la soulevait dans une souffrance démesurée, avant-coureuse des supplices futurs.

Elle râla et tendit ses bras vers le ciel, prête à demander pardon pour ses fautes, car les délices qu'elle souffrait en ce moment, étaient plus terribles que la torture.

Mais, au moment où, au comble de la jouissance et de la douleur ensemble, elle allait crier sa haine et son horreur, elle sentit comme un fil doux et soyeux, qui passait dans ses vertèbres et caressait au fond de son corps crispé des organes sensibles et secrets.

Elle se tut. Le plaisir la secouait atrocement, un plaisir encore inconnu, et qu'il fallait toute son attention pour suivre, tandis qu'il se ramifiait dans ses nerfs; un plaisir léger et si délicat qu'on tremblait toujours qu'il ne disparût en s'épanouissant.

Elle crispait toute sa sensibilité pour suivre cette efflorescence exquise au fond d'elle-même.

Son cerveau devenait le siège d'une satisfaction sucrée et lente, qui semblait passer comme une brise printanière, on eut dit un vent doux qui ramasse, en frôlant les fleurs, leurs fragrances délicates et subtiles pour les rendre conscientes.

Oh délices ! Babet voulait mourir pour immobiliser ce moment miraculeux. Les yeux clos, elle gémit de crainte, à l'idée que sa vie pourrait l'abandonner au centre d'une si prodigieuse volupté.

Mais elle sentit soudain un coup violent sur son front, elle crut qu'on lui râpait la poitrine avec une corne écailleuse. Elle poussa un cri de souffrance et roula à terre comme un paquet jeté.

Elle ouvrit les yeux. Satan était disparu, le trône aussi. A l'orient le jour pointait, et, très loin, on entendait le cri sonore d'un coq.

III

L'INCENDIE

Il était enfin venu, le jour où je fus un pourceau...

COMTE DE LAUTRÉAMONT.
Les chants de Maldoror (41).

Le jour qui suivit l'épouvantable et délicieux Sabbat, Babet demeura sur sa paillasse, toute tremblante de fièvre. Elle se sentait torturée par la peur, le regret et d'infâmes espoirs.

Elle croyait sans cesse entendre aussi des pas autour d'elle, et le froissement du vent sur le chaume de sa demeure lui paraissait plein de maléficieux dangers.

Elle grelottait parfois, puis la sueur inondait son corps crispé. Une terreur folle lui faisait, sans cesse, cacher sa tête sous l'humble et misérable couverture, qui servait à la garantir de la bise pénétrant partout. Mais elle ne savait quel souffle, chaud comme braise, la possédait encore par moments.

Quelquefois, elle se croyait aussi entre les mains de Satan. Tantôt, il prenait la face virile, douce et émouvante du gentilhomme inconnu, que son mari était parti accompagner vers Paris, tantôt, c'était le masque magnifique et terrifiant du Sabbat, qui venait moqueusement se placer devant ses paupières fermées.

Et, elle haletait, dans une angoisse sinistre et exténuante, qui la laissait pantelante, à demi-évanouie, avec le sentiment, que son sang fuyait par tous les orifices de sa chair.

Elle appelait, à d'autres moments, Jean Hocquin dont il lui semblait entendre le pas net dans la combe. Alors, craignant d'être surprise dans ses pâmoisons infernales, Babet se levait, la face suante et le corps glacial. Elle remettait un peu d'ordre dans sa vêture ouverte, mais le bruit rêvé disparaissait aussitôt. On ne percevait plus rien, que l'immense silence fait de cent mille pas de bêtes muettes, la poussée de millions de germes et de rameaux, la vie forestière enfin. Cette harmonie ineffable fondait vite et Satan reparaissait.

Babet à sa venue se sentait écartelée par la reconnaissance et l'horreur. Elle guettait au fond de sa pensée, le baiser imaginaire de l'affreux et redoutable archange.

D'heure en heure, ainsi allait sa pensée, au gré

des songes que lui apportaient encore la jusquiame
et la belladone, dont le sorcier faisait son mystérieux
onguent.

Et la nuit la saisissait, dans des affres miracu-
leuses d'un regret nouveau, dont elle se demandait
souvent s'il ne fallait pas le tenir plutôt pour le
plus haut période du désir.

L'ombre venue, Babet se rassura cette nuit-là.
Elle se leva et sortit pour respirer l'air pur du dehors.

Les étoiles semblaient flotter dans un éther inac-
cessible. Elles se liaient en figures étranges et cabalistiques. Ici, n'aurait-on pas dit un chien, un de
ces chiens furieux et écumants, comme Satan en
envoie parfois répandre l'épouvante chez les
hommes.

Là-bas, c'était une femme étendue et dormante,
sans doute la figure même de ces êtres presque di-
vins, qui chûrent avec l'ange foudroyé aux temps
premiers du monde.

Elle regardait, les yeux cuisants d'attention, les
flots impondérables de la voie lactée. Cela faisait
penser à la volupté de l'infini, et elle pensait que
Satan lui-même, eut répandu cette écharpe sur la
terre comme un symbole de tous les vœux irréali-
sables qu'on lui offrait.

Elle crut le voir lui-même, en plein ciel avec
son nez étroit et courbe, ses belles lèvres pourprées

et ses mains aux ongles longs, dont le contact brûlait. Il regardait la vie, répandue partout dans les villes et les châteaux, dans les chaumières et les hospices, puis une ironie triste, se lisait sur son visage émouvant.

Il pensait, certes, que tout est vain, puisque la mort guette tout ce qui vit. Que peuvent d'ailleurs être les éternels tourments, pour ceux qui connurent ici-bas un infini de misères et de peines. Et puis, Babet y songeait avec une sorte de blasphématoire désir de pénétrer aussi son maître par l'intelligence, et de s'ouvrir à lui en esprit, et puis, pour que le Diable fut si puissant, ne fallait-il pas que Dieu le lui eut permis?...

Elle frissonnait devant les infinitudes stellaires, où plongeait son regard ému et mélancolique, tandis que des frissons nouveaux, tenaient son corps en contact avec l'âme lointaine de Satan son amant.

Permettre le mal n'est-ce pas le créer? Dieu pouvait éviter qu'il naquît. Il pouvait en réduire le flot effrayant qui submergeait tant d'êtres sur terre...

Mais Dieu avait voulu que le mal existât.

Et, dans ce cas, n'en était-il pas directement et nettement responsable?...

Babet eut un sourd frisson. C'était, certes, le Maudit lui-même, qui lui envoyait de tels pensers. Mais elle s'en sentait consolée.

C'est que l'homme, depuis des siècles innom-

brables qu'il se prolonge sur le monde, a besoin de
ne pas croire qu'à lui seul. Il aime d'être com-
mandé et d'obéir. C'est une sorte d'allégement,
que la disparition de toute force personnelle. Et de
croire se confondre avec les choses, de ressembler
au jeu immuable des saisons, au mécanisme mathé-
matique qui régit les réalités inanimées, Babet tirait une consolation et une quiétude étonnantes que
par malheur, le sentiment de la personnalité lui en-
levait souvent.

A ce moment, elle entendit du bruit au loin, des
pas et des chocs d'armes, puis elle entrevit des lumières qui couraient. Rapide, elle entra dans sa
demeure, y prit tout ce qu'elle pouvait prendre,
puis redoutant, et le pillage et le viol, se sauva à
travers les sentes qui protégaient la combe. Elle
contourna les blocs qui rendaient invisible, sauf de
très près, le gîte des Hocquin.

Babet était femme énergique et décidée. Cela la
servit.

A peine, en effet, cent pas franchis, se sentait-
elle protégée par l'ombre, que des cris lui vinrent
du côté où l'on accédait communément à la chaumière.

Elle se hâta, gravit une pente raide, trouva un
trou familier où elle dissimula tout ce qu'elle portait, puis se rapprocha d'un rebord à pic, d'où l'on
dominait la moitié de la vallée.

Elle vit alors une trôlée de soldats qui couraient. Quatre d'entre eux, portaient des feux dans des grilles de fer, au bout de longues hastes. Cela jetait une clarté sinistre sur le paysage déjà privé de toute gaité.

— C'est par ici, cria l'un des hommes d'armes.

Tous accoururent. Ils n'avaient pas vu encore le gîte accroupi, et pareil à une excroissance naturelle du sol. Mais quand ils furent à sa portée, ils se précipitèrent avec des rires joyeux, entrèrent furieusement dans la cabane, en ressortirent, puis attendirent des ordres.

Mais un autre homme, à cheval, et qu'accompagnait un porteur de torche, arriva et s'informa. Probablement avait-on fait une battue nocturne et soigneuse pour surprendre le ou les braconniers qui dévastaient, malgré le baron des Heaumettes, les bois dont il était le maître.

On n'avait rien trouvé, puisque Jean Hocquin était parti avec le jeune étranger pour Paris. Sans quoi il aurait sans doute été cerné et tué sur place.

Et Babet sentit efficace la protection subtile de son ami le Malin.

En tout cas leurs recherches avait mené les gardes jusqu'au coin si bien dissimulé où vivaient Babet et son mari. Et, furieux, les gens de cette troupe ne s'en iraient pas sans détruire.

De fait, sur un ordre, on mit le feu à la pauvre

demeure. D'abord le chaume brûla mal. Il était encore humide d'une ondée. Mais on chercha à l'intérieur du bois sec et enfin, la paillasse de Babet fut sortie parmi des rires joyeux.

On ouvrit alors cette literie d'un coup de dague et on en répandit la paille près de la porte, puis on enflamma joyeusement tout.

Une vaste flamme se précipita en jetant des langues jaunes, roses et violettes. Cela dansait dans la ténèbre comme une chose vivante.

Les soldats se mirent à chanter une chanson guerrière avec des cris de plaisir.

Bientôt le feu gagna le toit qui cette fois prit en craquant.

Une énorme fumée tournoyait comme un suaire au-dessus de la scène démoniaque dont s'esbaudissaient les hommes d'armes.

Et brusquement, raide comme une lance, et projeté vers le ciel, un jet de feu d'une pourpre éclatante sauta haut. Il parut monter jusqu'au zénith.

Babet crut voir son seigneur le Diable qui montrait là sa force et son infernale splendeur.

Alors, en cent endroits dansèrent sur la ruine des crapauds de feu, des bêtes rousses et cabriolantes, qui étaient des flammes.

Et dans un éclaboussement de roses, de lys safranés et de folioles violettes, qui remuaient comme les femmes énervées du Sabbat, la maison croulante fut toute en feu.

Babet regarda jusqu'à ce que l'on ne vit plus rien qu'un brasier mou aux nuances rougeoyantes.

Lentement la féerie s'éteignait.

Le vent tiède caressait la face de la femme presque inconsciente.

La nuit s'éclaircissait au levant.

Les soldats étaient partis.

IV

LE SOUVENIR

L'avidité de gagner de l'argent est une vraie tyrannie dans le cœur de l'homme, qui le rend ingénieux jusqu'à la profanation des choses saintes...

Secrets récréatifs, tant de fantaisie que de grande utilité (1609).

Babet coucha, de ce jour, dans les bois. La chaleur était douce et, d'ici l'hiver, on saurait bien se refaire une demeure. Mais son épouvante était de manquer Jean son époux, lorsqu'il reviendrait de Paris.

Car il reviendrait. Elle avait passé un pacte avec le Diable et certes le sort ne voudrait pas lui enlever l'homme auquel de si nombreux liens l'attachaient. D'ailleurs, le sentiment profond d'avoir souffert ensemble et de s'être consolés de la misère comme de la hideur des autres humains, était aussi puissant en elle que l'amour.

Alors, elle guettait tous les jours, de l'aube au soir, dans des buissons épais sis au sommet d'une sorte de falaise, les chemins par lesquels son mari devrait reparaître.

Les yeux attentifs, elle en oubliait presque de boire et de manger. Des fruits lui suffisaient et l'eau froide d'un ruisseau.

Or, un matin, peu après l'aube, il lui vint le pressentiment que ce jour-là Jean Hocquin serait revenu.

Elle se plaça à son observatoire et vit passer d'abord au loin le seigneur des Heaumettes, avec une garde de dix cavaliers, puis une troupe de soldats en rangs avec des chariots qui suivaient.

Soudain il lui parut qu'une ombre très subtile se glissait là-bas entre les troncs pressés, sur une lisière du bois.

Elle devina que c'était lui...

Il avait déjà vu sa demeure, réduite en charbons mouillés et pierrailles écroulées. Alors, devinant que Babet fut aux alentours il s'apprêtait à parcourir prudemment les coins où elle pouvait s'être réfugiée.

Car il ne la croyait point pendue, ni brûlée dans la chaumière.

Quelques instants après, les époux se retrouvaient. Ils se regardèrent avec émotion.

Jean portait des habits neufs et solides, avec, en plus de son coutelas, une dague robuste dans un fourreau de cuir noir.

Il cheminait avec une assurance nouvelle, et dit d'abord :

— J'étais sûr que tu avais pu te sauver, Babet ?

Il désignait la demeure disparue.

— Oui ! Je les ai entendus venir, il était tard dans la nuit.

— Tu as emporté quelque chose ?

— Tout ce que j'ai pu.

Il haussa les épaules :

— Nous en rebâtirons une autre mieux placée.

Elle demanda à son tour :

— Tu as réussi ?

— Oui, tu vois, j'ai vu Paris et me voilà.

— On t'a donné tout cela.

Elle désignait les vêtements neufs.

— Non ! je les ai achetés. Il m'a donné deux cents louis d'or.

Elle sursauta. Certes la protection de Satan n'était pas vaine. Que de gens d'apparence bourgeoise ne possèdent point une somme pareille.

Mais qu'en ferait-on ? Car il ne pouvait s'agir d'aller demeurer en ville, ni d'acheter un petit bien. On accuserait le couple d'avoir volé son or, et on le mettrait aussitôt au fond d'une prison. Tout n'est point de devenir riche, mais de rentrer dans la communion des villes, de s'y agréger, pour profiter bourgeoisement de sa richesse. C'est le plus ingrat.

En somme, la fortune dont ils disposaient à cette heure ne pouvait que difficilement leur être utile. Mais un jour viendrait...

Il comprit la pensée de sa femme et se mit à rire.

— Nous trouverons bien à nous arranger. Et puis, nous pourrons aller à Paris. Là, personne ne nous demandera, si nous avons de l'or, où nous avons pu le prendre.

— Tu crois?

— Je l'ai bien vu. Songe que ce Paris est peuplé comme le seraient sans doute au moins mille fois les Heaumettes.

— Mille fois!

Elle ne réalisait pas nettement en esprit ce que pouvaient représenter mille villages comme celui des Heaumettes.

— Oui!

— Conte-moi ce qui t'est arrivé.

— Peu, ma foi! A l'aller nous avons pris toutes précautions pour parvenir là-bas sans à-coups, et tout s'est bien passé. Le jeune seigneur m'a ensuite gardé avec lui dans ses visites. Il est allé dans deux belles maisons, où l'on m'a fait manger et boire, puis il m'a donné de l'argent et conseillé d'aller me vêtir à la mode de Paris.

— C'est juste, fit Babet. As-tu pensé à moi?

— Certainement, je porte ce qu'il te faut dans mon ballot.

Et il ouvrit un sac gonflé.

Babet se mit à rire avec des yeux émerillonnés.

Et c'est de cris admiratifs qu'elle accueillit une robe rouge de fermière cossue qui se déroulait sous ses mains.

Il y avait aussi des bas, des chaussures et une chemise de toile raide.

Ils se regardèrent avec le sentiment confus d'une sorte de changement en eux-mêmes, parce qu'il y avait un changement dans leur dehors.

— Où demeurerons-nous? fit-elle.

— Je sais, je sais! En attendant de refaire une maison, il existe un reste ignoré d'ancienne tour, au centre des bois, que j'ai vu très habitable. Il y a même des souterrains pour s'enfuir et nous y serons fort bien.

— Allons-y! fit-elle.

— Attendons un moment!

— Dis-moi comment s'est passé ton retour.

— Plus mal que l'aller. J'ai failli me faire prendre par une troupe qui recrutait de force des gens de campagne. Car il paraît que le roi a besoin d'hommes.

— Il ne doit pas en manquer dans ce Paris.

— Oui, mais on préfère les prendre dans les bourgs et les champs. Ils sont plus obéissants...

— Alors, tu t'en es tiré?

— Je me suis sauvé. On m'a poursuivi, mais ils n'avaient pas les jambes assez longues...

— Et puis encore?

— Je me suis buté peu après dans une chaîne de galériens qu'on menait je ne sais où. Pour rire sans doute, mais très dangereusement, deux de ces brigands se sont écriés, en me voyant : C'est notre ami La Javelle, il faut le mettre avec nous. Arrêtez-le ! C'est trop injuste que nous voilà prisonniers et que lui, le vrai criminel, soit libre.

Ils riaient en disant cela, et me clignaient de l'œil, car je passais au bord du chemin où ils étaient arrêtés. Mais les surveillants, qui n'avaient pas beaucoup meilleure mine que leurs forçats, se sont rués sur moi...

Babet frissonna, quoiqu'elle eut devant les yeux la preuve patente que Jean s'était dérobé sans trop de mal.

— Qu'as-tu fait?

— Morbleu, je me suis sauvé, en donnant un croc-en-jambe à l'homme qui m'arrêtait. Comme un autre me courait après et me rattrapait, je lui ai mis ma dague au ventre et il est resté là...

— C'est tout?

— Non ! trois mauvais garçons me prenant pour

un campagnard au retour d'une fructueuse vente,
m'ont assailli hier soir près d'ici. Il était nuit. J'en
ai décousu un et j'ai ouvert la gorge du second. Le
troisième a reçu mon pied dans le ventre et s'est
affaissé sur le sol...

— Tu ne l'as pas laissé vivre?

— Bien sûr non ! Je l'ai envoyé en enfer tout de
suite.

Babet eut une sorte de rire strident, en songeant
que la main du Diable intervenait désormais dans
tout ce qui la concernait. Il fallait espérer que
bientôt une si puissante protection ferait mieux
encore.

Qui sait si au fond, ce n'était pas pour son bien
qu'on avait brûlé la maison?

Car les voies de Satan, comme celles même de
Dieu, sont impénétrables.

— Vêts-toi donc ! fit Jean Hocquin.

Elle quitta vite ses misérables hardes puis
regarda alors son mari avec une sorte de curiosité
inquiète. On dit que les femmes inspirées et proté-
gées par le Maudit, inspirent le désir à tous les
mâles....

Babet vit bien que l'on ne mentait point. Elle se
sentit désormais certaines que la faveur du Maître
des Enfers la suivait partout.

Le vent était une chaude caresse, l'herbe sentait
la menthe et le ciel était un abîme bleu où le regard
se perdait.

V

LA STATUE

Et nous ne sommes pardonnables
Qu'autant que notre amour est maître
                    [de nos sens.

MADAME DE VILLEDIEU.
Œuvres Meslées (1820).

La vie reprit pour Babet et son mari comme elle
se passait naguère.

Ils continuaient, elle, à chercher des herbes et des
champignons, ou des écrevisses dans les ruisseaux
de la forêt, ou encore des tisanes pour le mire;
lui à braconner.

Ils allaient, avec des prudences parfaites, vendre
le produit de leurs recherches dans la ville, à des
heures louches, entre chien et loup. L'apothicaire
était un homme libre, qui achetait tous les simples
et d'ailleurs faisait fortune en les revendant au
poids de l'or. Le Bailli aimait de plus en plus le

gibier et se divertissait de voir dépeupler les bois du seigneur des Heaumettes qu'il détestait.

Il y avait encore deux chanoines qui mangeaient volontiers de bons morceaux, des faisans ou des rôtis de sangliers.

On les servait. Ils étaient généreux.

La fortune des Hocquin grandissait donc lentement.

Ils habitaient cette fois dans un lieu impénétrable et d'une morne tristesse, où Babet sentait pour cela même le Diable sans cesse autour d'elle.

C'était une série de ruines solides datant peut-être de mille années.

Cela comportait deux-tours écroulées plus une autre écrêtée seulement.

Dans la dernière on pouvait gîter à demeure et fort paisiblement.

Au demeurant, toujours, dans le passé, ce coin forestier avait eu des habitants : rôdeurs et bandits, serfs marrons ou condamnés évadés, voire même païens obstinés qui craignaient le bûcher et ne voulaient pourtant point sacrifier au Fils de Dieu.

Depuis de longs ans c'était cependant inoccupé et Babet y installa son pauvre ménage.

Elle remplaça par des pots neufs, des écuelles de bonne terre à couverte, et d'autres nécessaires ustensiles de cuisine, tout ce qui avait disparu dans l'incendie. La vie lui sembla alors reprendre de l'agrément. Elle restait au fond satisfaite, sans presque se l'avouer, que la maison, témoin de ses amours avec le gentilhomme inconnu, fut totalement disparue. Car cela immobilisait un cher souvenir qui lui chauffait parfois les entrailles. Jean reprit donc, malgré l'or rapporté de Paris, son métier de chasseur avec une joie neuve. Ses armes étaient meilleures. Il avait des fils métalliques pour faire des collets plus parfaits que jadis, et son pourpoint de buffle le mettait en mesure de se défendre même contre la lance ou l'épée d'un soldat.

Laissée tout le jour seule, Babet sentit enfin qu'il lui fallait retourner vers son Maître. Elle se rendit un après-midi chez le sorcier.

L'étrange personnage avait encore une fois changé de gîte. Il s'était fait une hutte de branchages dans un lieu presque inabordable. Toujours il reposait dans un fauteuil fait de pierres si soigneusement choisies et placées qu'on lui voyait l'aise parfaite d'un grand seigneur dans sa cathèdre à juger. Il possédait également de mystérieuses boîtes closes et des pots avec des remèdes, des parchemins qu'il préparait lui-même, des livres et quelques animaux familiers dont l'intimité avec un homme semblait étonnante : un loup, des serpents, trois chats et une bête mystérieuse qui tenait de l'homme autant que de l'écureuil et riait aux visiteurs en leur montrant les dents.

Babet fut accueillie par un ricanement sarcastique.

— Ah, ah! femme, il y a longtemps que je ne te vois plus.

— C'est, répondit-elle, que j'ai beaucoup eu à travailler.

— Le travail est fait pour les serves et tu m'as toujours semblé une femme libre!

— Soit, mais les soldats des Heaumettes ont fait brûler ma demeure et il me fallut aller gîter beaucoup plus loin de chez vous.

— Que n'es-tu venue me trouver. Je t'aurais donné le secret de passer les distances sans s'en apercevoir. Le balai des sorcières est un moyen commode de voyager...

— Je marche bien, et vous voyez que je ne vous oublie pas.

— Montre-moi ta main!

Il regarda un instant les lignes de la paume, puis dit :

— Tu es amoureuse.

Babet rougit.

— Allons, avoue-le, tu sais bien qu'il ne faut rien me cacher.

— Certes, mais j'ai vu un gentilhomme fugitif venu se réfugier il y a longtemps dans notre ancienne maison. Il est reparti.

» Je désire savoir où il est et s'il est heureux?

— As-tu un objet de lui?

— Non !

— Rien qu'il ait touché?

Elle rougit encore :

— Je ne sais !

— Je t'entends, maligne femme, il t'a aimée,
mais c'est trop vieux pour que je puisse m'en servir
afin de l'évoquer.

Babet demanda :

— Je ne puis donc rien savoir?

— Mais si ! Tiens je vais te confier le secret de
l'envoûtement et tu seras en relation avec lui quand
tu voudras.

Elle eut un geste étonné et ravi à la fois.

— Oh ! grogna jovialement le vieux juif, tu es
bien la femme de Satan, il t'a mise toute sa lubri-
cité dans la moelle et tu ne songes plus qu'à cela.

Impatiente Babet demanda :

— Mais le secret?

— Voilà, je vais faire une statuette de cire
vierge et bénite. Cette statuette, tu l'indentifieras
avec ton amant en la baptisant de son nom...

— Je l'ignore...

— Qu'importe, Satan saura bien de qui tu veux
parler. Une fois baptisée et consacrée par les
paroles que je t'apprendrai, la statue sera l'homme
lui-même...

Il s'arrêta pour écouter et regarda si le loup ne donnait aucun signe d'inquiétude, puis reprit :

— Alors, il saura venir selon ta volonté.

— Que faudra-t-il donc faire?

— Eh bien, tu prendras des épingles. Tu te piqueras avec, de façon à faire couler une goutte de sang et tu les enfonceras ensuite dans la statuette, en commandant à Satan de t'obéir par les plus fortes malédictions.

» Voilà, ma belle, Satan t'enverra aussitôt sans que tu le voies, le corps et l'âme de ton amoureux. Le corps, tu l'admireras, l'âme, tu lui diras tout ce que tu voudras en fait de mots d'amour.

— Et lui, saura-t-il que je pense à ces choses. Y sera-t-il sensible?

— N'en doute pas. Et je vois sur ta main qu'il reviendra ici.

— Il reviendra... répéta Babet éberluée.

— Oui, il reparaît deux fois dans ta destinée.

— Mais...

— Fille du Diable, ne veuille pas tout savoir. Tu veux garder des relations avec cet individu, tu le peux par le moyen que je t'ai dit. Les épingles tu les enfonces dans la statuette à la place qui convient le mieux à ton désir.

— Comment cela?

— Si tu veux être en communication avec son esprit, pique-le donc à la tête.

— Ah ! fit Babet.

— Tu piqueras le cœur s'il s'agit de sentiment, et autre part s'il te plaît d'invoquer le mâle. J'ai dit !

— Mais la statue? demanda-t-elle.

— Tu l'auras demain. Ce sera deux pièces d'or.

— Je n'en ai point.

Le vieillard la foudroya d'un regard irrité.

— Tu mens, diablesse ! mais je suis plus diable que toi et je te dis que me mentir à moi, te porte-rait malheur.

Humble elle avoua :

— Vous les aurez.

— N'oublie pas que toi seule dois connaître l'existence de la statue de cire vierge. C'est un secret redoutable qui se perd dans la nuit des âges, et qui peut beaucoup pour le bonheur des hommes, mais il ne faut point méfaire de lui.

— Soyez tranquille !

— Car tu recevrais en retour, le choc des esprits infernaux qui sont déchaînés à te servir, et tu en-durerais des douleurs atroces, puis mourrais en mau-dissant la vie.

Babet frissonna. Le sorcier reprit :

— A demain. Tu me trouveras, non point ici, mais près du gros arbre, dans la clairière ronde, qui jouxte la Pierre aux Fées.

— J'y serai.

— N'omets point que les incantations de la statuette doivent se faire la nuit, et, si Satan lui-même apparaît, tu es en devoir de le reconnaître pour ton maître.

— Je suis sa servante, fit Babet, n'ai je pas signé un pacte?

— Va donc !

QUATRIÈME PARTIE

LA PRISE
DU CHATEAU D'ASSIEN

> *Or, il faut noter que, comme
> c'est la coutume, principalement
> des Français plus que de nulle
> autre nation, de s'advancer tous-
> jours sans commandement et à la
> desbandade...*
>
> Œuvres du Seigneur DE BRANTOME.
> Tome XII : Discours sur les
> belles retraites (1740).

I

LES HEAUMETTES

*Au jourd'hui entre 10 et
11 heures, ont été amenés maistre
Sanceloup et un chevaucheur du
pape Benedict, tous deux vestus
d'une tunique de toile peinte,
jusqu'en la cour du palais, et là,
ont été eschafaudés publique-
ment...*

Registres du Parlement.
Conséil. XIII (1408).

Pendant ce temps là, de graves événements se-
couaient le pays, et bouleversaient les habitants du
village des Heaumettes comme ceux de la bour-
gade d'Assien.

Mme d'Assien, veuve dure et inflexible, avec,
au vrai, un côté parfois généreux, et en tout
cas un sens rigide des obligations assumées, avait
eu, pendant des ans, des procès avec le baron des

Heaumettes. Par malheur elle les avait tous gagnés.

C'est que ses amis des parlements détestaient la dynastie du baron, qui, depuis plus d'un siècle, avait conservé, malgré l'adoucissement des mœurs, une coutume belliqueuse et un besoin de recourir aux armes en toutes circonstances, choses fort mal vus devant les gens de justice, comme d'ailleurs en cour.

Le baron des Heaumettes, se croyait encore au douzième siècle, lorsque les querelles entre seigneurs se vidaient uniquement les armes à la main. Et, il avait juré que sa voisine n'aurait pas toujours le dernier avec lui.

Fâcheusement pour lui, cet homme avait en sus, un entourage tout à fait étranger à la vie de son temps, on y aiguisait encore ses rancunes.

Voilà pourquoi, lorsqu'on vint signifier à M. des Heaumettes, un acte qui lui dénonçait l'obligation imposée de renoncer à un petit bois, sis dans un anse de la rivière, il devint furieux. Et ce fut pire, lorsque lui vint l'ordre de faire abattre trois maisons de serfs, qui gênaient les vues d'Assien, sur une colline éloignée de ce dit Assien, d'au moins une demi-lieue.

La colère du baron était déjà formidable le premier jour. Elle empira encore le lendemain, car un huissier nouveau se fit introduire et lut une ordonnance de justice, qui contraignait le baron à verser une redevance annuelle de trente écus d'or, et de soixante boisseaux de farine, de ce chef que la terre, dite de la Vachière, était établie définitivement, sous la mouvance d'Assien. On en avait d'ailleurs disputé depuis soixante ans, mais cela se trouvait jugé sans recours.

— Cordieu ! dit M. le Baron, qu'on me pende cet huissier de mauvais sort.

Le malheureux tremblait un peu, pensant qu'on allait à tout le plus, le mettre à la porte sur cent coups de pieds au derrière, ce qui n'est déjà pas plaisant. Mais on apporta une corde et...

— Grâce, Monseigneur, dit l'homme au maître du château des Heaumettes, en commençant de craindre le pire, et se jetant à ses genoux, grâce, Monseigneur !...

— Es-tu, oui ou non, porteur d'un acte, qui prétend me soumettre à cette garce d'Assien ? Es-tu, oui ou non, responsable de ce misérable parchemin, que je vais pendre avec toi ?...

— Mais, Monseigneur, je ne suis qu'un pauvre personnage docile, qui obéit. On m'a ordonné de venir vous remettre cela... Je le fis...

— Ta ta ta... il fallait voir l'air fier avec lequel tu as déroulé ton grimoire pour me le lire, tu te disais : Encore un de ces maudits chiens de nobles, qui se trouve en mauvaise posture. Eh bien, tu vas payer cette audace. Je ne t'ai pas demandé de te présenter ici en grand seigneur, et de faire rouler les r en me disant ce à quoi tes idiots de juges me condamnent. Me condamner, moi !...

« On verra de quel bois je me chauffe. En attendant, laisse-toi pendre, tu béniras tout le village avec tes pieds. C'est très honorable. Je suis certain qu'on t'a déjà dit que tu occuperais une haute position...

Il se mit à rire.

— Tu vas l'avoir, je te gâte, huissier !

Et, sans entendre ce que disait le malheureux, le baron lui tourna le dos.

Une demi-heure plus tard, au sommet de la tour de Grollon, qui était la plus avancée vers le village des Heaumettes, le corps de l'infortuné oscillait à un gibet démesuré.

— Qu'on ne lui ménage pas la hauteur, avait dit le maître.

Et, dès le lendemain, un héraut d'armes sortit avec une bannière armoriée, suivi de trois hommes en casque à visière baissée.

Il allait porter une déclaration de guerre à Mme d'Assien.

En même temps, on commençait à sortir de la tour des Gardes, les heaumes et les armures, qui attendaient depuis longtemps d'être portés. On les entretenait, d'ailleurs, avec soin. Des mousquets et des épées, furent également descendus de leur arsenal du donjon.

Enfin, on commença de lever dans la ville des Heaumettes, la matière d'un régiment de gens d'armes, pour aller détruire le château d'Assien.

Car le baron tenait encore pour parfaitement légitime un comportement qui n'était plus guère suivi que par des gens du Midi, du fond de l'Auvergne ou du pays basque, là, où l'influence royale avait peine à apaiser les querelles de clocher.

Les Heaumettes comportait dix-sept-cents feux. On put donc y trouver quatre cents hommes valides, solides, et propres à endosser la casaque de cuir avec l'armure. Ensuite, on les dressa aux choses guerrières, sur la terrasse centrale du château et sur les pentes du mont, que le château dominait.

Mais il y eut une sorte de révolte, pour la question de nourriture. Les croquants des Heaumettes, peu sensibles à l'honneur de se voir transformés en gens de guerre, voulaient, surtout, être bien nourris.

Or, la pitance à eux donnée était fort médiocre, et ils ne voulaient point aller piller et marauder leurs propres biens.

Alors, le baron en fit pendre douze, et l'ordre revint.

Mais un jour que l'on prétendit apprendre à ceux qui restaient, la manière de s'approcher d'un château défendu; comme on opérait en ordre dispersé et que les bas-officiers ne pouvaient avoir l'œil partout, il y eut d'un coup, quatre-vingts désertions, plus trois mises à mort de malheureux qui s'y prirent mal, et eurent la tête cassée avant d'avoir pu prendre le large...

Apprenant cela, le baron des Heaumettes entra dans une fureur prodigieuse, et faillit avoir un coup de sang. Il donna ordre à ses gardes, encadrant impitoyablement les meilleures recrues, de faire une battue dans les bois et de pendre sans plus de façons tous les déserteurs qu'on trouverait. Si toutefois, on avait la chance de rencontrer des gaillards propres à porter le harnois, on leur donnerait à choisir entre l'épée au côté ou en travers du corps.

Leur choix serait certainement excellent.

La petite armée se répandit dans les environs. On cerna la forêt et on y traqua tout. Deux déserteurs fuyards cachés y connurent la hart la plus rapide. Mais on découvrit Jean Hocquin et sa femme qui justement, sans se méfier, étaient en train de pêcher des écrevisses dans un frais ruisseau. Ils ne purent, malgré leur finesse, s'enfuir à temps.

— Voilà ce qu'il nous faut, sourit La Coupe, le sous-officier, en voyant le gibier inattendu qu'on lui amenait.

— Qui es-tu? fit-il à la femme d'abord.

— Sa femme ! dit Babet en désignant son mari.

— Mariés?

— Oui !

— Et lui?

— Nous vivons dans le bois et fournissons des simples à l'apothicaire, des tisanes, ou des champignons, continua Babet.

— Du gibier itou? fit le soldat en s'esclaffant.

Ce n'était pas un mauvais diable d'ailleurs, ce bas-officier, car il avoua :

— Je ne puis vous relâcher, mes tourtereaux. J'ai des ordres. Toi homme, tu veux bien t'enrôler, je pense, parmi nous?

— Non ! grogna Hocquin.

— Alors, écoute bien ce que je dois te dire. Si tu refuses, on te perce tout de suite le moule du pourpoint, sans plus de façons. Choisis !

L'homme regarda autour de lui. Il était piégé. Il soupira :

— Je veux bien être soldat.

— Tu es un brave. Allons, en avant !

Et à la femme horrifiée :

— Ma belle, tu as le droit de suivre ton homme. Il y a des charrettes pour ça, et si on a besoin d'un petit service hors-service, il te suffira de l'accepter ou de le prendre pour avoir bon renom.

— Je le suis ! dit sombrement Babet, qui savait bien qu'elle s'en tirerait.

Et la troupe rentra en triomphe.

Le baron, devant la nouvelle recrue, s'exclama:

— Bougre, un diable d'homme qui supporte la torture comme toi, sera un soldat admirable. On te fera sous peu un chef.

Et Babet fut enfermée dans la salle basse du donjon, avec les six prostituées et les vieilles marchandes d'eau-de-vie, qui devaient accompagner la troupe durant la campagne contre Assien.

II

LE SIEGE

*Aucuns eurent envie de nous
assaillir, et mon adviz est qu'ils en
eussent eu de meilleur.*

Philippe DE COMMINES.
Mémoires.

Huit jours passèrent sans que Babet et Hocquin
pussent voir le moindre moyen de fuite. Ils étaient
soigneusement enfermés dans le castel, et un sys-
tème ingénieux de responsabilités collectives interdisait les désertions autrement qu'en troupes.

Babet dut supporter bien des avanies et même
abandonner d'elle un peu plus que la main, parce
qu'il ne fait pas bon, dans un château en armes,
refuser rien à ceux qui disposent de l'autorité.

Pourtant, elle trouva dans cette nouvelle existence, bien des motifs à rires amusés, et elle apprit

des choses que sa vie au fond des bois n'aurait pu lui révéler.

C'est ainsi qu'une des prostituées enfermées en sa compagnie, lui enseignait certaines formes de coquetterie et même les politesses de cour. Dans le désœuvrement, il n'est rien qui ne soit propre à distraire, Babet ne voyait pas bien à quoi tout cela pourrait jamais la servir, mais elle s'en divertissait et sut bientôt faire la révérence comme une marquise.

Et c'était l'amusement de cette chambrée de femmes, que de voir Babet recevoir le moindre homme d'armes, avec des grâces qu'elle ignorait auparavant, mais qui lui semblaient désormais obligatoires... Comme si elle se préparait à devenir maîtresse de Roi.

Enfin, on partit pour Assien.

Le plan de la bataille à livrer fut dressé par le sieur Galant, intendant du baron, qui savait un peu de tout. Il avait, en effet, été un peu curé et un peu officier, un peu usurier et aussi légiste. Il passait même pour avoir mérité d'être pendu, dans tous les métiers qu'il avait exercés. D'où la nécessité pour lui de se réfugier dans un château féodal, que les ordres de prises au corps n'avaient guère chance de soumettre à la loi...

Il possédait le plan d'Assien, terre ayant jadis appartenu à la maison des Heaumettes. C'est bien

pour cela d'ailleurs, que le baron ne pouvait supporter l'idée qu'Assien lui fut suzerain. On décida
donc d'investir d'abord, puis de fermer toute issue
aux gens du village, afin qu'ils ne pussent aller
dire partout ce qui advenait. Alors on attaquerait la
tour écroulée voici deux ans, et qui n'avait été
qu'à demi-réparée. Ensuite on donnerait l'assaut...

Une fois la comtesse prisonnière, on déciderait
d'agir selon les circonstances...

La troupe fut bientôt devant Assien. Le château
occupait une colline en demi-cercle, qui fermait pré-
cisément la boucle de rivière dans laquelle vivait
le village. On s'approcha par des couverts, et, un
matin, avant l'angélus, Mme la comtesse d'Assien
put voir que sa demeure était assiégée ou à peu près.

Dans les relations entre dynasties féodales, il y
eut toujours un personnel considérable consacré à
l'espionnage, et qui rapportait rigoureusement à son
employeur ce qui se passait dans les environs ou
dans les châteaux les plus voisins.

Mme d'Assien, qui avait de la tradition, savait
donc très bien que son redoutable voisin faisait des
préparatifs guerriers, et qu'il venait de pendre un
huissier chargé de lui porter un acte de suzeraineté
à accepter. Elle pensait cependant que tout cela
fut simple divertissement de méchant homme et
moyen de faire pression sur la partie adverse, en

vue d'une proposition transactionnelle. Elle sourit et ne s'occupa de rien.

Il est vrai que son château comportait auparavant cent gardes solides et bien payés, capables de le bien défendre. Mais l'oisiveté, et le favoritisme avaient beaucoup désarmé cette petite troupe, où figuraient aujourd'hui des vieillards presque centenaires, des infirmes et des enfants.

D'ailleurs même en voyant les belliqueuses troupes du baron des Heaumettes, Mme d'Assien ne se démonta pas. Elle continua de croire que ce déploiement de forces, fut le prologue d'une visite de son ennemi, et elle attendit en paix.

Elle était justement aussi têtue qu'il était cruel, et se promit de ne point changer un iota aux attendus de l'acte qui lui soumettait son rude voisin.

Les troupes, habilement et intelligemment, car le sieur Galant n'était pas un sot, se répandirent partout et fermèrent la boucle de la rivière, pendant que sur la rive en face, deux petits postes s'installaient pour interdire la traversée des messagers.

Une proclamation rédigée impérieusement, vint ensuite avertir les gens du village qu'ils eussent à nourrir les soldats des Heaumettes, et à s'interdire tout ce qui pouvait les gêner. Le siège ne durerait, disait-on pas plus de trois jours.

Et, là-dessus, un homme ayant été découvert, qui tentait de passer à travers les troupes, pour

porter probablement des avertissements aux seigneurs
du voisinage : le chevalier de Persequin et le mar-
quis de Trasapon-la-Tour, on commença, suivant
la coutume, par passer une corde au cou de l'individu, et on le hissa à la maîtresse branche d'un
gros noyer.

Le calme, avec des procédés pareils, fut immé-
diat partout. C'est à peine si désormais, quelques
paysannes violées firent résistance, et encore était-
ce sans doute pour éviter plus tard, les reproches
de leurs maris...

Le sieur Galant, pendant ce temps, faisait le tour
d'Assien et repérait les lieux faciles à attaquer. Il
en découvrit un, qui était de tout repos, et le dit
familièrement à Jean Hocquin. Le braconnier,
n'ayant pu s'enfuir, avait accepté, en effet, d'accompagner le « général » en chef, en qualité de
serviteur.

Le soir tomba sur l'animation inaccoutumée de
cet Assien, qui passait naguère, pour la ville la plus
morte de la région...

Les auberges ne désemplissaient point et l'hu-
meur la plus joyeuse ne laissait pas de régner en
tous lieux.

Le baron des Heaumettes avait requis à son
usage la plus belle maison, laquelle appartenait
justement à un seigneur absent, cousin de Mme
d'Assien. Il trouva là un gîte à sa convenance,

plein d'armures et de souvenirs guerriers. C'est que le propriétaire se trouvait avoir servi vingt ans avec le Polonais, le Turc, l'Autrichien et même un Colonna d'Italie.

Il en était, au surplus, revenu avec des infirmités certaines et prouvait péremptoirement, ainsi que la guerre est un métier plus dangereux que la banque...

Durant cette nuit-là, Babet et Jean Hocquin se réunirent pour deviser et s'entendre. Il leur aurait peut-être été possible de s'enfuir, mais tous deux commençaient de trouver quelque divertissement dans cette aventure. En somme le baron des Heaumettes, lorsqu'il ne vous avait pas fait brancher, vous gardait une amitié assez plaisante. Il ne pouvait plus voir Hocquin sans lui donner quelques écus, lui taper sur l'épaule, et lui conseiller, à lui qui devait certes détester les nobles, d'entrer le premier dans le château et de couper proprement la gorge à cette damnée comtesse d'Assien.

Il pensait, en effet, que si un homme se conduisait ainsi, et s'avisait, le coup accompli, de disparaître, tout serait admirable.

Mais il ne pouvait confier un tel vœu qu'à un soldat dont il connaissait le caractère secret et dur, à un gaillard surtout dont la vie se tenait à l'accoutumée hors des villes et des lois.

Quant à Babet, elle pensait que sa personne en

cas de malheur pourrait efficacement protéger son mari. Elle ne se trompait pas au surplus. C'est grâce à elle, de fait, que le sieur Galant avait pris Hocquin comme secrétaire, serviteur, porte oriflamme et même compère...

Les époux conversèrent donc cette nuit là dans la cour d'une maison abandonnée. Ils étaient amusés et rieurs. Babet trouvait que la protection diabolique agissante, commençait en vérité de la servir mieux. On ne voyait pas d'effets trop directs encore, sauf, toutefois pour l'or enterré soigneusement dans la forêt. Mais on devinait un sourd travail favorable, qui, bientôt...

— Dis-moi, demandait Jean Hocquin, crois-tu que j'aie intérêt à fuir, à cette heure?

Elle répondait :

— Sans doute, non. Car ce siège sera terminé après-demain et on te laissera regagner ta forêt.

— Est-ce sûr?

— Tu le feras, en tout cas, et on ne songera plus à te poursuivre.

Il hésitait, ne sachant dans quelle direction il semblait préférable d'agir.

Et tous deux examinaient les événements avec gaîté, tout étonnés de se trouver en tels lieux et sous telle autorité, car leur vie présente n'avait aucun rapport vraiment avec ce que le sort paraissait jusque-là leur réserver.

Mais le jour se leva enfin et les dispositifs guerriers se resserrèrent, sur des ordres convergents, autour du château d'Assien.

Toutefois, comme le sieur Galant s'approchait trop près des courtines, une arquebusade, tirée de haut, le fit reculer. Cela, c'était le vrai signal des hostilités.

Aussitôt des injures et des appels retentirent dans les fossés où se tenaient les soldats du baron, ce fut un combat verbal homérique. La comtesse reçut pour sa part une série de qualificatifs qui firent rire même les gardes postés sur les tours.

— Comment attaquons-nous? demanda le baron au sieur Galant.

— Nous feignons de nous ruer ici et y posons même un baril de poudre qui va ébranler le mur et sans doute en faire crouler une partie. Mais c'est de l'autre côté que tout se passera.

— Y a-t-il assez d'hommes.

J'en place quarante, et tout le reste ici. Ces quarante peuvent prendre le château. Il n'y a là dedans que des macrobites et des goutteux, en fait de soldats.

— Bien, Galant! Vous savez que si ce soir Assien est pris, je vous délègue ma terre de Maltrait, qui est seigneurie et vous permettra de vous nommer Galant de Maltrait.

— Monseigneur, le plaisir de vous être utile et de vous contenter suffit à me rendre heureux.

— Le reste n'est point méprisable, Galant. Allez !

Pendant ce dialogue, les troupes se massaient. Les gens d'Assien, n'ayant pas compté les agresseurs, ne pouvaient croire qu'une petite troupe dissimulée, mais vigoureuse et décidée, allait décider du sort de ce combat.

III

LE SAC

*Maint compatriote de Lot
souffre la pis que le fagot.
On lui lave de feux liquides,
ses infâmes hémorroïdes...*

Scarron, Le Virgile Travesty
(Livre IV).

Ce fut toujours une chose charmante et cocasse à la fois, que l'attaque et la prise d'un château fort. Il est vrai que la drôlerie n'en apparut point sans doute au temps où l'aventure se trouvait quotidienne. Alors, la coutume suivie pour réaliser cet exploit lui donnait figure de rite dangereux.

Mais ce déploiement d'armes et d'échelles, ces injures que les gens se jetaient du haut des murs et du bas des fossés, ce tumulte déraisonnable qui caractérisa tous les combats du moyen-âge, où l'on avait si bien oublié les leçons de l'histoire romaine, avaient le caractère d'un joli spectacle. Beaucoup le tinrent, même alors, pour tel.

Il faut admirer en effet les estampes naïves où les artistes du temps ont représenté les travaux du siège. Là, s'époumonnent obstinément au second plan des gaillards bien embouchés, qui mettent en riant les poings sur les hanches... C'est symbolique...

Ainsi en fut-il du siège et de la prise de ce château d'Assien, en une époque où il semblait bien que de tels guerroiements commençaient à devenir de pure archéologie.

D'abord, on s'insulta copieusement. Les soldats du baron étaient forts en gueule, et furieux d'avoir été enlevés à des labeurs pacifiques. Ils s'en vengeaient sans gêne, à coups d'outrages et des plus crus. La mère, la fille, et la femme de chacun des défenseurs du château furent d'abord certifiées propres à toutes les besognes libertines, et disposées aux vices les plus abjects...

On ne s'en tint pas là. Les défenseurs à leur tour se trouvèrent chargés de tous les maux qui rongent la chair et pourrissent le sang. Puis la comtesse d'Assien elle-même fut sans plus de façons nantie de mille tares abominables où divertissantes, les deux à la fois même, car à l'énoncé de chacune, tout le monde au bas des murs éclatait d'un rire joyeux.

Après cela, on se lança des flèches ou des carreaux. Les cranequins firent des leurs. Un brave vieillard, qui se tournait à gauche sur une tour pour répondre vertement à quelque insulte, reçut de droite, et raide comme la foudre, un dard qui lui fendit la tête.

Et chacun de se rigoler parmi les troupes du baron des Heaumettes, devant ce délicieux exploit.

Il y avait des arquebuses et des mousquets dans les deux camps. On s'en servit. Entre deux insultes on tirait, dans un nuage de fumée, des projectiles massifs qui ronflaient dans l'air et blessaient peu.

Pourtant un bas officier du camp des Heaumettes reçut par accident une balle en pleine poitrine, et roula à terre, dans un cri d'émoi, en vomissant le sang comme un ivrogne rend son vin.

C'est ce petit triomphe qui perdit les gens d'Assien, puisque, dans les choses humaines tous les événements ont deux faces. Il faut donc attendre la face mauvaise, pour ne pas risquer d'être trompé par l'autre, laquelle donne trop fréquemment de chimériques espoirs.

Car le brave vieillard qui avait décoché en plein la balle dont mourut un sous-officier du baron des Heaumettes, cria naïvement que cela assurait la victoire à son camp. Il dépêcha aussitôt des gardes dans tout le château afin de dire, et son triomphe, et l'assurance qu'il acquérait de voir bientôt les assiégeants défaits se retirer la queue basse dans leurs repaires...

Ainsi vont les réalités de ce monde qu'on exagère généralement au-delà de la raison raisonnante, tout ce qu'on accomplit de bien. On agit ainsi sans se rendre compte des embûches du destin et du peu que chacun de nous est entre les mains de Dieu ou du Maudit.

Tous les combattants d'Assien arrivèrent donc au trot pour admirer la défaite de l'ennemi. Ils se rangèrent sur les murailles et les tours. De derrière les merlons, ils jetèrent des quolibets galants qui rendirent furieux l'assiégeant.

Et le côté où veillaient quarante bougres audacieux et solides se trouva privé d'opposants, même de surveillants..

Un homme fut choisi aussitôt par le sieur Galant, qui voyait tout, pour aller dire à sa troupe d'assaut d'y aller en masse et de toute son énergie. Or cet ambassadeur n'était rien moins que Jean Hocquin.

Il se glissa derrière les arbres et les buissons, les maisons sans faste dont on avait chassé les habitants pour en faire des arsenaux et des fabriques de fascines ou d'échelles. Il ne fut point vu. Enfin il passa sur l'autre face du castel et parvint jusqu'au lieu, bien dissimulé par un repli de terrain et deux fermes aux vastes hangars, où attendaient impatiemment les vieilles gardes du baron.

— C'est le moment ! dit-il sans ambages.

Celui qui commandait là avait guerroyé sous tous les drapeaux en Europe, et rapporté plus d'estafilades et de blessures que l'année ne compte de jours. Il alla en rampant mettre le feu à la mèche qui devait enflammer un petit boucau de poudre, au lieu le plus désagrégé et le plus accessible de la courtine. C'est un petit crépitement et une sorte de serpent flambant, qui rampe dans l'herbe rase, et puis...

Une magnifique explosion sonne, et répand, comme fière de son œuvre, un nuage dense où se mélangent la poussière, la fumée noire et les pierrailles.

Le temps de compter jusqu'à vingt, puis le chef lance sa troupe, qui bondit...

Sans y voir et sans chercher si l'ennemi attend, ces hommes violents gravissent parmi les éboulements. Ils sont en petit nombre et ne se gênent point entre eux. Le sieur Galant l'avait prévu. A mesure que la quantité d'assaillants augmente, leur vitesse se ralentit. C'est un malin que Galant, et il veut posséder la terre noble que le baron lui a promise.

Les premiers de ses hommes roulent, sur ces terres remuées et instables. Ils ne s'arrêtent d'ailleurs pas à ces échecs, et reviennent en blasphémant.

Il en est un qui, voulant aller trop vite, déracine un bloc suspendu, qui doit peser autant qu'un muid et qui l'écrase. Tant pis !

Personne ne recueille ses dernières paroles. Les autres ont mieux à faire.

Ils s'enfoncent donc dans la brèche. Il y a des heurts et des chutes, mais on passe, on s'élève, se cramponnant partout où il y a prise, les hommes du baron se hissent peu à peu jusqu'au sommet du mur.

Le premier qui y parvient se rétablit furieusement, tire sa dague et crie :

— Tue... tue...

Il n'a personne devant lui. Alors, il se met à courir au hasard, pour égorger le premier qui lui tombera sous la main.

Un second l'imite et hurle :

— A nous, Assien est pris. Vive le baron des Heaumettes !

Car il faut bien, que l'orgueil d'appartenir à la troupe victorieuse se manifeste en ce lieu.

Le troisième est le chef lui-même de la petite troupe. Il ne dit rien, n'étant point homme à gaspiller le souffle qu'il a court.

Mieux, comme il est dévoué à son service de soudoyer, il se met tout bonnement sur le côté du mur, et regarde monter un par un ses hommes, aux faces poussiéreuses et suantes.

— Allez les gars, crie-t-il, nous y sommes. Vivat !

Tous se hâtent sur cette pente roide et qui se dérobe. Ils n'ignorent point, au surplus, que l'effet de la surprise est condition de la réussite, et fonction de la rapidité.

Bientôt, il y en a vingt-cinq dans le château. Mais nul ne trouve devant soi la moindre ombre de combattant.

Avec l'enthousiasme qui caractérise leur vanité belliqueuse, ils s'imaginent donc que l'ennemi s'est débandé et enfui, et il leur en vient un grand orgueil.

Pourtant voici un pauvre homme qui passe, en boitillant.

C'est un des valets de Mme d'Assien. Il est on ne saurait moins guerrier. Il regarde avec stupeur cette harde de diables, qui se lance follement sur les chemins de ronde, sur les routes intérieures et par les bâtiments du château.

Alors, d'un coup de dague bien porté, un des soldats lui ouvre le ventre en criant, parce qu'il faut à tous les hommes la réconfortante conviction d'accomplir, même dans le crime, un acte de haute justice :

— A bas les traîtres.

Et trente-sept hommes sont bientôt disparus, absorbés comme une onde sur du sable, par les détours et les innombrables voies d'accès en chicane du château d'Assien.

Seul, le chef ferme la route, il regarde partout, sachant que dans de telles contingences, la hâte est mauvaise conseillère, encore qu'elle aboutisse souvent au succès.

Et les constructions compliquées qui l'entourent, s'emplissent bientôt de vociférations, de cris d'appels, de plaintes et de hurlements.

On prend Assien selon les règles de la poliorcétique, qui ne se réalisent jamais sans bruit.

IV

LA COMTESSE

La Pucelle lui révéla que « on l'avait tourmentée violemment en la prison, molestée, battue et déchoullée, et qu'un millourt d'Angleterre l'avait foreée ».

Dépositions. Ms. Soubise (Michelet).
Procès de Jeanne d'Arc.

Jean Hocquin était parvenu au sommet de la brèche, le dixième ou onzième du lot. C'était fort honorable. D'ailleurs il n'avait fait aucun effort surhumain et se laissait porter, en quelque sorte, par l'enthousiasme ambiant.

Lorsqu'il fut là-haut, sur un terre-plein qui conduisait, à droite et à gauche aux chemins de ronde suivant les murs, il arrêta son élan. En face il voyait un carrefour, dont les routes pavées de dalles menaient d'une part à une sorte de jardin, de l'autre à deux bâtisses austères, puis on ne savait où, par des escaliers en vis. Il hésita, et décida seulement, devant ce mystère, de se promener un peu dans le jardin. Faute d'avoir un juste ressentiment contre Assien, il prenait cet assaut à la fantaisie et d'ailleurs le hasard est bien grand. Il sert le plus souvent ceux qui sembleraient, à première vue agir déraisonnablement...

Le jardin était petit et maigre. Des murs de bâtiments sans fenêtres le bordaient sur trois côtés.

Il vit enfin une porte close. Cela menait certes, quelque part, sinon au paradis ou en enfer... De sa dague il fit sauter la serrure. Il se trouvait devant un escalier roide et étroit, qui grimpait. Il se dit alors que pour voir comme il convient, un beau paysage, il faut le regarder d'un peu haut.

Et le sac des biens de la comtesse d'Assien, pouvait passer pour un noble sujet d'estampe...

Il gravit les marches, d'ailleurs attentif à tout et prêt à égorger, non seulement l'ennemi avoué, mais le simple témoin qui aurait eu la malencontre de se trouver sur sa voie.

Par chance, pour l'infortunée et hypothétique victime, Hocquin ne vit personne.

Il se trouva bientôt, devant une autre porte ouverte, et entra dans une vaste salle garnie de tapisseries et de sièges antiques.

« Fort bien, pensa l'homme. Je ne crains plus

ici, que de me faire occire par des fuyards d'Assien, qui vont remonter d'en bas. »

Il ajouta mentalement :

« Je ferais mieux pourtant, de descendre retrouver les autres. »

Au bout de la vaste salle était une autre porte. Il la gagna. Elle redescendait. Il redescendit alors un nouvel escalier droit.

Toujours le silence et la sérénité. On n'aurait pas dit qu'à cette heure, une bande de pillards était en train de mettre à mal la demeure seigneuriale. Elle avait au surplus résisté auparavant à bien des assauts, tentés avec des moyens plus puissants que celui du baron des Heaumettes.

Hocquin redescend se demandant où il va, et ce que fait en cè moment Babet, sa femme. Comme il est long, cet escalier !

Il affermit sa dague en main pour entrer dans un couloir, puis, au bout, dans une sompiueuse pièce remplie de velours et de soieries éparses. Un métier à broder est au milieu, devant un fauteuil à la vieille mode. Il y a enfin deux prie-Dieu sous un Christ d'ivoire, et une table avec un en-cas tout prêt, dans un angle à demi-caché par un paravent.

— Ho ho ! fait le braconnier, nous sommes dans la bauge du marcassin.

Il n'a pas dit ces mots, que devant lui une porte

secrète baille sec dans le mur, et une femme laide, mais vigoureuse et hautaine, entre d'un trait.

Elle ne voit Hocquin qu'après la porte refermée, et sa face devient couleur de cire.

Le manant et la grande dame se regardent un instant.

Dans l'âme de Hocquin il n'y a pas une ombre d'estime ou de pitié. Il ne sait pas ce que c'est que la bonté, et n'a d'ailleurs jamais vu faire grâce qu'à lui seul. Encore était-ce à condition qu'il supporterait la torture...

Il n'a non plus aucune haine, contre la comtesse d'Assien, qu'il devine devant lui.

Mais elle s'imagine qu'il vient pour voler, et ouvre une cachette dans un meuble bas.

— Tiens ! fait-elle.

Sa main tend une poignée d'or.

Elle pense que ces rustres sont des brutes, certes capables de tuer, mais surtout des affamés de ce qui figure la fortune aux yeux du peuple : l'or.

Si un de ses fidèles entrait à cette minute, elle ferait tuer Hocquin comme un chien. Elle croirait de ce chef, agir avec justice, c'est à peine si elle imagine quelle chose abominable ce serait, que de le voir porter la main sur elle...

Mais le braconnier ne prend pas l'or qu'on lui offre.

Elle en offre un peu plus, très à l'aise, et prête

à mourir s'il faut. Car elle sait n'avoir rien à craindre de l'autre vie. C'est le paradis qui l'attend. Dieu, qui est aussi gentilhomme, n'oserait pas envoyer une femme à trente-deux quartiers dans son Enfer...

Et puis, pour quelle raison irait-elle chez les damnés. La comtesse d'Assien est une femme juste...

Et l'idée, qu'elle ait pu être coupable et reprochable de faire pendre une centaine de vilains dans sa vie, ne l'effleure même pas.

Hocquin la tuerait bien, car il n'est pas tenté par l'idée que cette femme noble soit plaisante à prendre. Il lui préfère Babet.

Elle devient plus pâle encore devant l'impassibilité du soldat, et pense que sa dernière heure sonne, puisque ce manant ne veut même pas s'enrichir, le sot !

Elle dit d'une voix émue, car en somme on lui a appris à être digne devant le malheur, mais non point à lui trouver bonne figure :

— Allez-vous en !

Hocquin hausse les épaules avec mépris. Mais il n'a pas le temps de faire un geste ni de dire un mot, la porte par laquelle la femme est entrée saute sous un effort violent, et un gaillard ensanglanté entre, une énorme lame au bout du poing.

— Garce ! crie-t-il à la comtesse, je savais bien que...

Il saute sur la femme pour la tuer.

Hocquin l'arrête et dit calmement :

— Laisse-la !

Mais la fureur de l'autre doit se manifester par une issue quelconque, et c'est au chasseur que le coup vient. Hocquin pare. Cette fois il lui faut défendre sa vie, car l'homme est entraîné et robuste.

Alors, d'une détente du poignet en tournant et esquivant, il ouvre la gorge, et, malgré le col de buffle, l'artère carotide du survenant. C'est qu'il a appris avec les fauves à manier le couteau. L'agresseur s'effondre, les yeux fous et la face soudain creusée...

Hocquin sent confusément dans son orgueil d'homme, qu'il n'est point d'âme inférieure aux porteurs de titres. Il sera fort digne puisqu'il n'a rien contre elle, de faire grâce à cette femme, mieux même, de lui rendre sa liberté. Il se met à rire durement.

— Déshabillez-vous et prenez le costume de cet homme ! ordonne-t-il.

Comme elle ne paraît point comprendre, il reprend :

— Choisissez, je puis vous sortir d'ici ou bien vous allez mourir. Il va en venir d'autres que lui

— il désigne le cadavre — et nul ne vous fera grâce.

Il rit encore :

— Vous ne faisiez pas grâce plus souvent...

Furieuse et dominée, mais sentant, au moment qu'elle faillit la perdre, à quel point la vie est douce chose, la femme quitte sans un geste vain sa lourde robe de panne rose bordée d'hermine.

Elle hésite encore, mais le temps presse. Elle est aux mains de ce paysan qui ne veut pas d'or, c'est-à-dire qu'elle appartient à ce qu'elle peut redouter le plus au monde.

Elle dévêt mal, mais intelligemment, le soldat tué. Le sang ne l'arrête point. Elle s'en huile les doigts. Ah ! une comtesse d'Assien, devant le tombeau, se plie à des servitudes incroyables...

Elle voudrait que le dur individu qui regarde put l'aider, mais il la toise insolemment. Enfin elle découvre en ses hérédités lointaines l'art de quitter à ce cadavre son harnois guerrier, pourtant bien lacé et serré...

Elle a honte et espoir. Elle est pleine de haine et de désir de vivre. Ainsi sont tous les humains.

En gestes précis, qui sont sans doute inattendus chez cette grande dame, elle se passe la camisole de bure, puis le pourpoint de cuir sur son dos. Elle flotte un peu là-dedans, mais ça va. Elle est plus gênée devant les chausses et les brodequins, car il lui faut montrer d'elle-même ce que la modestie interdit.

Mais elle aboutit. De blême elle est devenue rouge.

— Vite ! dit Hocquin.

Et il lui met sur la tête le casque du mort.

— Venez et obéissez, grogne le braconnier. Il se sent furieux, n'étant pas sûr de bien agir en sauvant cette femme, qui hier l'aurait fait pendre sans hésiter.

V

LA LIBERTE

La Nouvelle Ève, comédie mêlée d'ariettes
et en trois actes (auteur inconnu). An II
de la République Française.

Accompagné de la comtesse d'Assien, déguisée en soldat du baron des Heaumettes, Jean Hocquin reprit le chemin par lequel il était venu. Personne ne se rencontra sur leur parcours.

Il trouva la brèche et la descendit, sans aider en rien la femme qui le suivait fidèlement. Elle était domptée et pleine de fureur.

On entendait des cris multiples et féroces partout dans les autres recoins, cachettes, tours et bâtiments du château. Les troupes des Heaumettes, victorieuses, pillaient avec délices, violaient les femmes, égorgeaient les hommes et mettaient le feu à tout ce qu'ils désespéraient de pouvoir emporter.

Et des cours une fumée dense montait vers le ciel.

Les fugitifs se hâtaient avec souci. En bas de la brèche Hocquin dit seulement :

— Suivez-moi très vite !

Sa femme, il le savait, se trouvait à guetter dans le coin où ils avaient dormi la nuit précédente. Il trouva l'endroit.

Babet le regardait venir avec curiosité. Femme et fort intelligente, elle avait deviné, rien qu'à la démarche, le sexe du guerrier accompagnant son mari.

Un soldat fuyant Assien passa comme un dément et Babet se mit à rire.

— Madame fit-elle avec ironie, à la comtesse devinée, je crois que demain votre château ne sera plus rien que des cendres.

— Les pierres ne brûlent pas, repartit la comtesse.

Hocquin coupa la parole aux mots aigres que les deux femmes, soudain égalisées par les circonstances, allaient se dire. Il questionna sa prisonnière :

— Madame, où voulez-vous aller ?

— Dans une ferme voisine. Là, on me donnera un cheval, et je m'en irai à Paris me plaindre au Roi.

— Soit, fit l'homme. Où est-ce?

— Là-bas !

Elle désigna un chemin encaissé, qui s'éloignait vers le nord.

— Bien ! Babet, allons-nous en aussi.

Babet se mit à rire. La présence de cette dame orgueilleuse en déguisement guerrier, ridicule et humiliant, lui apportait mille idées de contentement...

Et elle voyait là une des volontés mystérieusement drôles, qui signent tous les actes de Maître Satan.

Ils se mirent en marche.

Une heure après, ayant par deux fois, failli être découverts par un petit poste des Heaumettes, lequel, par le plus grand des hasards, n'avait pas quitté la ferme où on l'avait placé, ils se trouvèrent devant une maison enclose de hauts murs. Elle se trouvait en contre-bas, près de marécages verts où serpentait une chaussée étroite.

— C'est ici que je vais trouver un cheval, dit Mme d'Assien.

— Adieu madame ! fit Hocquin sans plus.

La comtesse eut une crispation du visage.

— Que puis-je faire pour vous?

— Rien, Madame.

— Vous m'avez sauvée.

— J'en suis ravi, madame, et compte que votre voyage pour Paris se passera bien.

— Voulez-vous que je parle de vous au Roi?

— Je n'en vois pas la nécessité. Le Roi n'a pas besoin de moi, et moi je me suis passé jusqu'ici de lui...

Blessée, elle reprit :

— Dites-moi, où je pourrai vous faire remettre cinq cents livres, pour vous récompenser de ce que vous avez fait.

Babet aurait bien accepté le don. Encore un cadeau de Satan, sans nul doute, mais Hocquin se sentait confusément aussi noble que la dame d'Assien, et il voulait, avec un rien d'orgueilleuse dignité, garder son désintéressement intact.

Il dit :

— Merci madame. Adieu !

Elle se sentit vaincue en ce combat et dit aigrement :

— Adieu donc !

Il fit signe de la tête et s'éloigna.

Babet suivait, heureuse, malgré la perte de l'argent, que son mari n'avait voulu accepter, de voir que tout se passait bien. Et puis, qui sait si cette chipie aurait versé ce qu'elle allait promettre...

Et qui sait encore, si elle ne voulait pas avoir sur son sauveur, des renseignements pour le faire pendre un jour.

Ce ne serait pas la première fois, que la reconnaissance se paierait ainsi.

Babet et Hocquin suivirent la chaussée au milieu des marécages. Une hauteur les dissimulait à Assien. Ils allaient tranquillement revenir dans leur forêt.

Mais, cette fois, ils s'arrangeraient pour ne plus risquer d'être enrôlés de force par le baron.

Au demeurant, celui-ci, informé certainement de la fuite d'Hocquin, ne faillirait pas de l'envoyer en enfer au premier jour où il le retrouverait.

Il est vrai, que peut-être le croirait-on tué dans Assien, et victime des incendies, de sa témérité, d'on ne savait quoi. Cela n'en nécessiterait pas moins une soigneuse mise à l'abri.

Le soir tomba, tandis que les deux fuyards se trouvaient encore sur les terres d'Assien. Ils se méfiaient et se dissimulèrent dans une grange abandonnée.

Au matin ils reprirent le chemin de la forêt natale, et bientôt se trouvèrent chez le baron des Heaumettes.

Au loin, sur les pentes sombres d'une série d'ondulations, on voyait commencer les bois où le couple aventureux allait retrouver, sans doute, sa paix.

C'est alors que d'une petite futaie, laissée libre au milieu des champs cultivés et des prés qui bordaient la route, les deux errants virent apparaître un petit parti de soldats, qui leur faisait signe de s'arrêter et accourait au galop.

Ils portaient les couleurs d'Assien. C'étaient certainement des gens envoyés en manière de représailles, pour brûler et piller chez le baron.

Mais ni Babet, ni le braconnier ne s'y trompèrent. Ils prirent la fuite en hâte.

— Arrêtez ! hurlait, en tête des cinq poursuivants, le bas-officier bien vêtu dont le harnois polychrome dénonçait le parti, arrêtez !...

— Oui, attends, mon vieux ! disait Hocquin.

Un des soldats avait un lourd mousquet. Cet outil encombrant ne lui permit pas de suivre ses camarades, mais il s'appuya à un arbre et ajusta Babet.

— Oh ! dit-il, ma belle, je te vais apprendre à bien tomber sur le dos !

Il tira. Toutefois, si adroit qu'il fut, il ne pouvait être sûr de son coup à plus de cent cinquante pas, et Babet sentit seulement passer à sa gauche la balle sifflante.

Elle fit un écart.

— Courage, disait son mari, ils se lasseront avant nous.

De fait, la distance s'accrut entre le gibier et ses chasseurs.

Deux autres arquebusades n'eurent pas plus de succès que la première.

Enfin, ce fut la corne du bois, qui faisait l'avant-garde de la forêt, et, sous son couvert les fuyards se trouvèrent hors d'atteinte.

Il était temps.

Babet épuisée se laissa choir sur l'herbe. Ses lèvres blêmes s'ouvraient spasmodiquement.

— J'ai bien cru qu'ils nous tueraient.

— Ils n'y auraient pas manqué, s'ils nous avaient pris.

Les autres s'en retournaient, ne se souciant pas au soir tombant, ce se risquer dans la forêt aux mystérieuses défenses. C'étaient en effet, des pêcheurs et des hommes de plaines, que ces soldats d'Assien.

Une maison se voyait au loin, ils la gagnèrent, car Hocquin en connaissait les habitants, des braconniers, qui chassaient toutefois dans un autre secteur de la forêt des Heaumettes.

Ils furent accueillis chez ces braves gens, avec un plaisir sans inquiétude. Ils mangèrent, burent sec et contèrent après cela, l'histoire du siège d'Assien.

Bien entendu, l'évasion de la comtesse fut passée sous silence.

Les braconniers de ce coin de sol, n'avaient point été carôlés, parce que l'un boitait de la jambe droite — par un coup de défense de sanglier — et l'autre restait infirme à la suite d'une chute. Ils se gaussaient des croquants, qui avaient si facilement pris le buffle guerrier.

Le lendemain soir, Babet retrouvait sa tour antique et la statue de cire vierge, à laquelle, tandis que son mari épuisé dormait, elle fit une chaleureuse invocation. Ensuite, elle la perça par trois fois.

CINQUIEME PARTIE

RÉUSSIR

« C. wisma tgewwud llehya »
ou « le tatouage entraîne la
barbe », c'est-à-dire la femme
attire l'homme.

A. M. Goichon, La vie féminine
au Mzab (197).

I

LA MESSE DE SATAN

Il titubait entre les deux enfants de chœur qui, relevant la chasuble, montrèrent son ventre nu, le tinrent, tandis que l'hostie qu'il ramenait devant lui, sautait atteinte et souillée sur les marches.

J. K. HUYSMANS. LA JAS (XIX).

L'aube couvrait les choses de tendres clartés. Les oisillons pépiaient avec douceur au sein des feuillages. Un souffle chaud agitait délicatement les branches, et froissait leurs folioles. Le ciel, pareil à une offrande pascale, semblait ouvrir peu à peu ses infinis bleutés.

Dans une clairière où la lumière pleuvait en larmes vives, Jean Hocquin s'arrêta un instant.

Il portait sur son échine forte, un lourd faix de bêtes tuées et il avait pourtant laissé une partie de sa conquête au fond d'une cachette, par lui seul pénétrable. Il posa tout à terre et respira largement.

La sérénité du monde l'emplissait d'une sorte de malaise à cette heure. Il tendait vers le sous-bois un regard inquiet, comme s'il eut craint autre chose que la figure rougeaude et vile d'un homme d'armes du baron des Heaumettes.

Il avait toute cette nuit, senti il ne savait quel malaise le pénétrer. Lui, d'habitude plein de confiance en sa force et son courage, n'avait pu agir que mollement.

Cependant, on eut dit qu'une puissance cachée voulait l'enrichir ou du moins le satisfaire. Il trouvait ses pièges pleins de petits fauves aux fourrures valeureuses, voire de gibier jeune et succulent.

Mais il était presque humilié de se sentir ainsi protégé ou favorisé, il ne savait par qui.

Il avait laissé, au matin, sa femme Babet dans une sorte de tension également inexplicable. Sans foi et sans jalousie, sans inquiétudes idéologiques et sans soucis amoureux, Jean Hocquin ne cherchait point à éclaircir les idées, qui lui semblaient trop obscures. Il trouvait juste et normal, que tout ne fut pas sur le même plan dans son esprit. Cela le calma.

Prenant froidement le fardeau de sa chasse, il embouqua le chemin familier de sa tour perdue.

Tout en marchant il se remémorait les jours récents. Il se voyait sauvant de la mort, la comtesse d'Assien, puis la menant, déguisée si mal en soldat, par des sentes qui lui permissent de trouver un cheval et de partir pour Paris. Là, elle informerait le roi du comportement inadmissible de ce maudit baron des Heaumettes...

Et il se voyait fuyant ensuite, ô ironie ! les soldats d'Assien, apostés sur le chemin qui le ramenait à sa forêt bien aimée.

Maintenant, douze jours venaient de passer depuis l'étrange aventure.

M. des Heaumettes était rentré chez lui. Il jurait comme cent sacripants, le jour de l'assaut, paraît-il, parce qu'on avait dû faire échapper son ennemie, Mme d'Assien. Il fallait bien qu'un maudit chien, ou bien lui permît de fuir, ou bien fermât l'œil devant cette fuite. En effet, on avait vu la comtesse sur une tour de son château, au moment même où l'explosion permettait à la troupe cachée par le sieur Galant de rentrer à Assien et d'y mettre le feu.

Et, de colère, le baron avait fait pendre huit de ses soldats, qu'on trouva porteurs d'objets pillés. Cette punition dûment exécutée, il faisait saisir méthodiquement tout ce qui restait d'intact à Assien et on l'empilait sur des charrettes. Cela formerait un joli tas de dépouilles opimes. Car, disait cet homme qui connaissait les usages de la guerre, le soldat vole quand le chef se récompense...

Il avait fait chercher Jean Hocquin, pour qui, une subite et redoutable amitié le prit soudain. Il ne le trouva point, on sait pourquoi. Il en profita pour insulter le sieur Galant, et pour lui refuser la terre noble que voulait tant posséder cet homme astucieux et subtil.

Galant ne dit mot, mais certains virent à son regard, que le baron serait le mauvais marchand de cette opération de foi punique...

Et on revint tranquillement aux Heaumettes, où l'armée fut licenciée, avec quelques bons coups de bâton sur le dos ou sur les fesses. Car il ne fallait pas que ces croquants pussent croire qu'on leur dût une ombre de reconnaissance pour l'obéissance qu'on avait eu la bonté d'exiger d'eux.

Maintenant, Jean Hocquin avait été averti d'avoir à se tenir sur le qui vive, car le baron avait quelques arrière-pensées sur le braconnage. Il se souvenait d'avoir récolté, et des hommes enrôlables et des déserteurs dans ses bois. Ce qui le propensait à y faire des battues régulières. Les gens propres à faire des soldats en temps de guerre se trouvant, en temps de paix, coupables évidents de mille délits, outre celui de chasse, qui mérite la corde.

Voilà d'ailleurs pourquoi, Babet ne sortait plus.

Cependant il fallait bien vivre, acheter du pain et diverses choses. Mais cela s'effectuait la nuit, et par troc d'un lièvre contre un pain, par exemple. Tout se passait d'ailleurs, chez le dernier homme qui eût trahi ses amis, à savoir l'apothicaire.

Ne sortant plus, Babet se sentait harcelée par des pensées inquiètes et douloureuses, qui la rendaient irritable et un peu folle. Elle s'en ouvrit au sorcier, lequel, durant le siège du château d'Assien, avait fait des siennes de façon tragique.

Un Sabbat en effet, s'était réuni, où l'on mit à mort, une jeune fille pubère et vierge. On avait aussi rendu totalement démentes trois femmes du village. Celles-ci voyaient depuis lors Satan partout, et criaient à fendre l'âme, en poussant des cris blasphématoires qui faisaient fuir tout le monde.

Aussi, informé, une fois de plus, des méfaits du vieux juif, le baron s'était-il efforcé de prendre ce sorcier. On aurait fait un beau bûcher avec lui, et le peuple n'a pas tant de divertissements...

Mais, astucieux et malin comme une loutre, habitué, depuis si longtemps qu'il vivait, à exciter les colères et les haines, le coquin diabolique, s'était dérobé à toutes poursuites. Peut-être au surplus fallait-il admettre qu'il eût des complices au château, car le chef des gardes, celui même qui était chargé des opérations contre lui, avait une fort jolie femme. Et la futée, portait depuis peu des robes comme à la cour, avec des perles aux oreilles et des bagues à tous les doigts.

De là, à supposer que Satan la favorisât, et que son mari fut lié lui aussi au diable par un pacte, il n'y avait qu'un pas.

En tout cas, on ne découvrit point le sorcier.

Toutefois, Babet mit la main dessus en sortant de sa tour, comme s'il eut prévu qu'elle avait besoin de lui.

Elle dit :

— Je suis malheureuse, ô sorcier !

Il répondit d'un air jovial :

— Je le sais.

— Que me faut-il faire pourtant. J'ai signé un pacte avec le Maudit, et il ne m'a point servie comme il sert tant d'autres.

— Crois-tu ?

— Certes ! Voyez Marie la Marronne, elle est depuis peu l'épouse du récoleur d'impôts. Il est riche et elle en fait ce qu'elle veut.

— C'est qu'elle est venue six fois au Sabbat.

— Et Nicole la Rousse, n'a-t-elle pas acheté un bien et une maison, sans qu'on sache d'où lui vient son or, et sans que personne s'en inquiète.

— Elle a eu le Seigneur de Jourviac, comme amant.

— Et Berthe Maréchal, la voilà, paraît-il, entrée à Paris dans le lit du roi.

— Sa Majesté aime les filles menteuses et tu ne l'es point.

— Mais j'ai signé un pacte. Je le dénonce, si le Malin ne me sert aussi...

— Tu le dénonceras comment? Il n'y a point de parlement pour juger cette sorte de contrat, et tu te ferais brûler vive.

— Je me confesserai.

Le sorcier réfléchit, puis dit :

— Eh bien, demain soit, viens donc au carrefour des Mézeaux. Tu y trouveras des femmes, qui comme toi attendent la réussite et le bonheur. Tu les suivras, sans dire un mot à personne, même à celles que tu connais...

— Et puis?

— Tu le verras. Nous dirons la messe de Satan.

Babet ouvrait les yeux d'étonnement horrifié.

— Oui, reprit le sorcier. Mais fais bien garde à tout, et à fuir si c'est nécessaire ou du moins à te cacher, car les présages disent qu'il y aura un drame, à ce moment-là, autour de moi.

— Mais pourquoi alors ne renvoyez-vous pas?

— Parce que c'est le seul jour de l'an où la messe de Satan soit bonne, et d'ailleurs je ne crains rien pour moi. Mon heure n'est pas sonnée.

II

LE DRAME

Babet se glissa, seule et inquiète, hors de son repaire, puis gagna le carrefour des Mézeaux. C'était fort loin, et sur les confins où la forêt change de nom et devient le bois des Quintes.

A ce moment-là, elle est sous la mouvance d'un noble indifférent aux droits seigneuriaux, et qui se nomme le chevalier des Neyyes de Rous.

Il était tard lorsqu'elle trouva la petite foule des

femmes, qui guettaient ou priaient Satan à genoux, avec des paroles hideuses et des jurons à faire dresser les cheveux sur la tête d'un chrétien.

Babet prit place dans cette troupe, sans rien dire à quiconque, et les autres avaient dû recevoir la même consigne, car il ne s'échangeait point de paroles.

Enfin une voix dit haut :

— Que Satan nous assiste à sa communion. Venez, mes consœurs les damnées !

Et on suivit celle qui guidait. Une courte robe blanche la désignait aux regards, dans la pénombre de ce sous-bois. Parfois, çà et là, la lune éclairait pourtant.

On vint à la lisière du bois, puis on tourna et ce fut un petit vallon encaissé où luisait une mare.

Quant tout le monde se fut réuni autour de la mare, le sorcier parut sortir de terre. Il portait une chasuble et une étole de prêtre, mais on voyait, au clair de lune, qu'il était nu sous ces ornements.

Il sembla marcher sur les eaux, peut-être sans profondeur, et gagna ainsi le centre de la mare, où il se mit à articuler des paroles rituelles en latin, mais tous les mots en étaient modifiés, de façon à maudire Dieu et à louer Satan.

Et, comme il demandait au Maudit de lui apporter un autel pour dire sa messe sacrilège, deux enfants étrangement dévêtus, et qu'on eut dit tombés du ciel, de petits diablotins peut-être, arrivèrent et dressèrent sur la mare même, un banc de forme bizarre, qui luisait sinistrement. Ensuite, ils s'agenouillèrent sur la rive et firent l'office des enfants de chœur.

Et la messe commença.

Vraiment le sorcier faisait peur à toutes. Et il avait une sorte d'auréole verte autour du corps, qui horrifiait ses fidèles.

Son office ponctué de cris injurieux envers Dieu, comportait la présence de deux énormes crapauds sur le banc, promu à la dignité d'autel.

Et bientôt, on vit que le sorcier maudit lui-même avait des cornes qui lui poussaient lentement sur le front.

Une angoisse atroce dominait cette foule croyante et crispée, qui se donnait au Maître des Ténèbres pour changer son sort, vaincre ses ennemis, ou peut-être par désespoir, par haine, par jalousie, par salacité...

Enfin la rondelle de rave, qui servait d'hostie, fut consacrée en paroles abominables, et l'officiant s'approcha pour faire communier les femmes. Alors il tendit un calice sur le bord duquel se tenait un des crapauds.

Et, selon le rite de Satan, les deux enfants de chœur s'agenouillèrent devant lui. L'un d'eux blasphéma trois fois, tandis que Satan apparaissait L'autre alluma un cierge de cire noire qui puait, et la cérémonie hideuse eut lieu...

La première femme, qui prit la rondelle de rave se leva comme une possédée, poussa un long gémissement et se roula sur la terre. La seconde s'accroupit comme paralysée, en appelant le diable, et la suivante, comme frappée de la foudre, resta droite, immobile, changée en statue de sel...

Babet était à la fin. Elle se déroba à cette scène affreuse.

Dix femmes se vautraient maintenant sur la terre humide, ou dans l'eau de la mare, en poussant des appels farouches. La plupart semblaient d'ailleurs devenues des bêtes. Elles hurlaient et se mordaient les bras; elles laissaient pendre hors de leur bouche des langues démesurées, et se jetaient les unes sur les autres, avec les appels ignominieux qui sont des mérites d'Enfer.

Une femme devenue folle, brandissait une branche sèche. En bégayant, elle criait que c'était Satan lui-même. Une autre prit un couteau, se coupa des fragments de chair, et s'évanouit en hurlant.

Bientôt les cris, les gémissements, les abois, les hurlements, les gestes et les actes de cette foule, dépassèrent tout ce qui se peut raconter. Babet épouvantée vit soudain même ou crut voir une femme démesurée, assise sur un loup aux yeux ardents. Elle poussa un soupir de terreur. Soudain apparut à ses côtés un âne énorme à figure rougeâtre.

Babet recula, apeurée par l'éclat des yeux que la bête aux oreilles démesurées tournait vers elle en poussant des braiements humains...

Elle est à dix pas, elle est à vingt. Il lui paraît que d'autres ombres fuient comme elle. Ce doit être la chasuble du sorcier, cette chose qui étincelle et court...

Et soudain, lorsqu'elle se trouve à cent pas du groupe hurlant, elle entend une sorte de grondement. Elle se retourne, voit des lumières, et court alors comme une biche...

Vite, vite, le drame inconnu est là...

A ce moment un commandement part, puis un bruit puissant et déchirant qui se répand avec lourdeur. Les appels hystériques des femmes, croissent alors dix secondes, et meurent d'un coup.

Babet se hâte, fouettée par les branches et perdant sa route. Mais chaque fois qu'elle retrouve la lune, elle reprend la ligne qui mène à son gîte...

Qu'avait-il donc pu se passer?

Une heure après cette scène mystérieuse, Babet

retrouvait sa demeure bien celée et s'y précipitait. Le cœur lui battait follement. Elle sentait sur son corps meurtri par les heurts avec des arbres, les chutes et les égratignures que sa fuite lui avait apportées. Elle ne savait même plus ce qui s'était passé, tant sa peur était grande et son souci...

Certainement c'était une troupe en armes, qui avait tiré sur les femmes convulsives. Mais pourquoi, et à la suite de quel étrange événement ou de quelle trahison?

Jean Hocquin dormait d'un sommeil paisible. Il ignorait que sa femme se fut absentée. Quant à Babet, ce fut en vain qu'elle s'efforça de calmer les battements de son pouls et une espèce de halètement qui lui interdisait de respirer. Jusqu'à l'aube elle resta ainsi pantelante, les yeux ouverts, et ne sachant s'il lui fallait continuer de prier Satan ou revenir à Dieu.

Enfin elle vit, à travers les feuillages qui ornaient la fenêtre ou plutôt l'ancienne meurtrière de sa tour, que le jour se levait.

Elle sortit en hâte. Elle savait un ruisselet souterrain qui apparaissait non loin, dans une sorte de cuve naturelle, et disparaissait ensuite sans qu'on sut comment. Elle se mit nue et se plongea dans l'eau glacée. Cela rafraîchit son sang et ses pensées. Le calme lui revint.

Et elle se rendit dans la cachette aux pièces d'or, pour les regarder, les compter avec amour. Là se tenait aussi la statuette de cire vierge, avec les épingles enfoncées où il faut...

Elle la regarda longtemps. Le jeune gentilhomme, l'avait-il donc déjà oubliée. Etait-il possible qu'après le pacte signé avec Satan, elle ne put sortir de sa misère que de façon, en quelque sorte théorique, et sans nulle certitude de vivre plus heureuse, malgré son or?

Il faudrait partir pour Paris, mais Jean Hocquin après en avoir parlé s'y refusait désormais.

Il refusait et donnait cette raison, qu'il n'était rien de plus que braconnier, et que le braconnier ne sait rien faire dans la grande cité.

Elle lui avait dit à son tour, que les braconniers ne doivent de l'être que grâce à des vertus de volonté et d'énergie, qui, elles, sont de bon emploi en tous lieux du monde. Mais le mari ne voulait pas en démordre. Il disait :

— Qu'on m'anoblisse et je vais à Paris.

— Comment voudrais-tu?...

— Je ne sais et je ne veux pas. Mais si Satan me promettait de me faire anoblir en échange de mon âme, je la lui vendrais bien.

Babet disait à la statue :

— Aide-moi, aide-nous, souviens-toi que je t'ai

aimé, et que tu ne devrais pas me laisser vivre ainsi au fond des bois.

Eut-elle l'illusion, ou si vraiment le Malin voulut lui donner une preuve d'attention et d'amitié. En tous cas, elle crut voir sourire la statuette.

III

LE SOMMET

Par vos discours je me sens affermi
Au parti que toujours j'ai résolu de prendre.
                              Catherine DESCARTES.
                    Relation de la mort de Descartes.

Mme d'Assien avait pu gagner Paris et voir d'abord des amis du Roi, puis le Roi lui-même.

Elle expliqua son aventure invraisemblable et pleine de dangers, même pour Sa Majesté.

Car, que le baron des Heaumettes ne connut plus les édits, ni les ordonnances et se livrât à la guerre privée comme deux siècles auparavant, voilà qui attentait gravement à la Majesté royale, ainsi qu'au prestige, indispensable dans une monarchie, de cet arbitre souverain que doit rester le Roi.

D'autre part, le baron des Heaumettes était déjà mal vu. Il refusait de se soumettre à des prin-

cipes acceptés par plus noble et plus riche que
lui. Il était d'une cruauté extrême, enfin voilà qui
mettait le comble à ses mauvais exploits : Ravager
les biens d'une personne estimée partout. Il ne fallait pourtant pas omettre, que le comte d'Assien
était mort au service de la monarchie précédente, et
que la dette restait impayée.

— Mordiable ! fit le Roi, en méditant après que
Mme d'Assien l'eut quitté, que me faut-il faire
en cette occurrence ?

Il posait la question à un gracieux jeune
homme, qui le regarda avec un sourire.

— Sire, je ne sais si je dois vous dire mon avis ?

— Dis, mon ami ! S'il ne me convient pas, je
passerai outre. Mais il pourrait bien me convenir,
car je voudrais reconnaître en toi la justification de
l'estime en laquelle je te tiens.

— Sire, vous me faites trop d'honneur.

— Point, point ! Nous avons été longtemps ennemis, et je ne te cacherai pas que je t'eusse fait
couper le chef sans hésiter, si, à ce moment-là, tu
étais passé sous mes fourches.

— Oh sire, vous savez bien, que je suis innocent de tout ce dont je fus accusé.

— Entendu ! mais il a été un moment où je te
soupçonnais. Je suis Roi, mais enfin je suis faillible
comme tous les hommes, et puis certes, me tromper. Plut au ciel, qu'il en vienne autrement !

— Eh bien sire, il faut absolument faire réparation à la comtesse d'Assien.

— Je suis de cet avis.

— En ce cas, Les Heaumettes et Assien ne sont pas loin. Allons-y.

— Que faire?

— Nous sommerons le baron des Heaumettes de faire amende honorable, et de reconstruire Assien à ses frais.

— Mais cet imbécile, qui est têtu comme une mule, refusera.

— Nous l'y forcerons.

— Penses-tu vraiment, qu'il soit expédient de faire le siège de ce nid là? Il paraît que c'est très fort, et situé admirablement pour la défense.

— Certes Sire, nous le mettrons bas le temps de dire ouf.

— Tu le connais?

— Je l'ai vu d'assez loin, pourtant, mais je le sais très facile à dominer. Et j'ai sous la main l'homme qui s'en chargera. Un sieur Galant, qui fut aux Heaumettes, le confident du baron.

— Oh! alors, tout va pour le mieux, nous allons aller là-bas. Mais je préfère, à ne te rien cacher, que des Heaumettes fasse des excuses à la comtesse en nous dispensant de guerroyer. Il me semble que la guerre est un jeu de sots.

— Sire, votre sagesse fera l'émerveillement de la postérité.

— Je fais de mon mieux, mon ami. Il faut ainsi agir en toutes situations où le ciel vous a placé ici-bas.

— Alors, Sire, je vais donner l'ordre de se préparer pour partir demain. Les deux régiments, qui sont déjà en ordre de bataille, vous accompagnent?

— Bien entendu ! Mais ne presse rien. Il faut bien trois jours. La foire n'est pas sur le pont. Et je vais faire porter un pli au baron des Heaumettes, pour annoncer ma venue et qu'il se prépare à des humiliations, sans lesquelles nous rasons sa demeure.

— C'est cela, sire.

. . . .

La troupe qui servait d'avant garde aux deux régiments de Sa Majesté suivait donc, l'arme prête, — car on avait dit que tout restait à craindre du pays, — un sentier assez mauvais qu'on avait affirmé être le plus court pour parvenir au couvent de Saint Dominique où logerait le roi.

Mais cette avant-garde s'égara. A la nuit tombante, elle se trouvait dans un terroir vide de maisons et peu rassurant. On fit halte alors et on bivouaqua.

C'est vers minuit que l'attention de l'officier commandant ce détachement fut attirée par des cris aigus et des appels qui venaient d'assez loin, mais semblaient fort étranges.

On mit l'arme au bras et on se rangea en ordre de bataille, puis on se décida à avancer sans faire de bruit vers le lieu d'où partaient ces hurlements de fauves, mêlés à des gémissements humains.

Et c'est ainsi que la petite troupe se trouva subitement devant la mare autour de laquelle des possédées se livraient à tous les actes horribles qui témoignent de l'appartenance à Satan.

Le chef du détachement avait été prêtre. Il s'était rejeté dans l'armée parce que cadet de bonne famille, mais surtout fort coléreux, ce qui est guerrier, quoiqu'il fut encore d'une dévotion qui ne laissait pas de paraître excessive.

Il commanda le feu pour exterminer toutes ces maudites, qui, très visiblement, n'avaient plus que l'apparence d'êtres humains

Et c'est pourquoi Babet avait entendu, sans comprendre ce que c'était, cette fusillade à laquelle un instinct heureux, le juste équilibre de ses facultés et peut-être, pensait-elle, une protection satanique particulière, lui avaient permis d'échapper.

Elle ignorait que les troupes royales fussent dans le pays pour faire sentir au baron des Heaumettes les règles du droit romain, lequel veut qu'on évite de se faire justice soi-même.

Au demeurant, dans l'espèce, le baron ne pouvait même se réclamer d'aucune justice, ce qui aggravait singulièrement son cas.

Or, ce jour-là, après tant d'émotions, Babet eut l'idée de se rendre dans la combe aujourd'hui délaissée où avait vécu sa chaumière. Un rien de sentimentalité ornait pour elle ces décors jadis quotidiens.

Comme Jean Hocquin s'apprêtait à sortir faire un tour en forêt, elle lui conseilla la prudence, et s'éloigna enfin de son côté.

Bientôt elle fut devant les ruines de son ancienne demeure où tant de souvenirs fleurissaient toujours.

Elle s'assit pour rêver. Le ciel était tendre et doux, l'air chaud et la verdure émouvante. Babet pleura.

Sur quoi pleurait-elle? Sur son sort, sur l'oubli où la laissait son amant, sur le danger qui se refermait autour de Jean et d'elle-même. Car cette forêt, témoin de drames sans cesse répétés, finirait par être battue avec un tel soin qu'on y ferait rafle de tous ses habitants.

Le sort de ceux-ci serait certes sans agrément. Si ce n'était point la corde, ce serait la mort au fond d'un de ces cachots qui font un cadavre en six mois avec n'importe quel vivant.

Où était le temps où son mari et elle hantaient seuls les halliers profonds de ces bois primitifs et contemporains sans doute des premiers hommes?

Hélas, il est du sort des humains de vouloir tout transformer et tout policer. Bientôt la forêt serait semblable à un champ...

Elle rêvait à ces choses, les yeux au ciel, sans savoir que le temps s'écoulait.

Brusquement elle fut tirée de sa mélancolie par le bruit d'un pas de cavalier. Elle se leva pour fuir.

Mais elle n'eut pas le temps.

Un homme apparut, monté sur un bai qui semblait las.

Il regarda le décor, puis, apercevant une figure humaine, se hâta.

Et Babet sentit la tête lui tourner en voyant cet homme dans son harnois de guerre, avec son épée et ses pistolets d'arçon, sa selle de cuir ornée de velours rouge et son armure cavalière dont les aciers luisaient.

C'était le jeune gentilhomme inconnu, son amant...

Elle chancela d'émotion et de joie, avec un mot à Satan qui cette fois réalisait son plus cher vœu.

Mais le cavalier était déjà sauté à bas de son cheval et la retenait nerveusement.

— Je vous ai promis de vous revoir, Babet.

Elle fit oui, les yeux clos, dans la peur de voir la chère image s'éloigner comme font les mirages sataniques.

Le survivant reprit :

— Vous m'avez demandé de reparaître. Me voici !

Et, ce fut comme si l'amour jetait sa foudre sur ces deux êtres, qui se retrouvaient plus chargés d'émotions et de désirs qu'ils ne s'étaient quittés.

IV

LA BALANCE

Tout bas, sans doute l'on m'accuse
D'artifice et de trahison...
  PIRON. Œuvres badines.
  (Confession d'une jolie femme).

Babet, en revenant vers son gîte forestier, se demandait avec souci s'il lui faudrait dire l'heureuse et délicate rencontre du gentilhomme qui avait jadis été leur protégé.

Elle aurait voulu conter cela d'abord, et tout l'y poussait.

Mais, après un moment de réflexion, elle en tirait souci et cherchait au fond de son esprit un procédé galant, ou subtil qui permit à Jean Hocquin de tout savoir sans qu'elle eut à le dire...

La chose eut semblé simple à quiconque vivait

dans le village où en rapports quotidiens avec ses habitants. Ici, cela restait assez difficile.

Et pourtant, Babet ne se résignait plus à avouer crûment la douce rencontre aimée.

Elle savait que son mari ne manifestait jamais de jalousie et elle eut jugé fort fâcheux qu'il en sentit. Mais elle craignit pourtant de lui voir trouver dans cette visite un rien d'offensant.

Et puis, pour tout dire, son satanisme lui faisait découvrir un charme spécial et une étrange douceur dans la tromperie et la perversité. Il n'y avait aucun doute que Satan fut responsable de l'heureux retour. Donc il fallait l'entourer de mensonges pour continuer à plaire au Malin...

Son jeune amant lui avait promis deux choses au choix : de la faire rentrer avec Jean dans la petite bourgeoisie des Heaumettes ou alors de les protéger à Paris. Il allait enfin offrir à Babet des vêtures comme en portent les dames riches lorsqu'elles vont à la grand'messe le dimanche.

Et la femme, en elle, tirait une joie infinie de cette amusante promesse.

Elle devait se trouver le lendemain au village, près de la maison du Bailli. Celle-ci était sise un peu en dehors de l'agglomération, à côté du pré communal. Une lumière lui vint pour expliquer tout à Hocquin. Elle dirait son besoin de faire des achats chez le boulanger et l'épicier, puis se ferait accom-

pagner par lui. Et il se trouverait en présence sans
plus du jeune homme inconnu qui ne lui voulait que
du bien.

Elle sentait d'autant mieux la possibilité de
changer d'existence et de gagner les rives sociales
de la bourgeoisie, que son amant lui avait conté
comment, d'ennemi mortel du roi, et qu'on eut fait
exécuter naguère, il avait pu devenir ami de ce
même roi, son confident, et presque son secrétaire
ou son ministre. Les choses de ce monde sont chan-
geantes. Tel qui se trouve aujourd'hui humilié,
demain sera tout puissant. Mais tel autre qui apparaît sur les marches du trône peut, le temps de rien,
dégringoler bien bas.

Elle riait encore de savoir que le roi lui-même
était venu avec ses troupes pour humilier le baron
des Heaumettes et lui faire indemniser la comtesse
d'Assien.

Peut-être, en sus, l'emprisonnerait-on à la Bastille, qui est un grand château de Paris, transformé
en prison, où l'on met les gens auxquels Sa Majesté
reproche quelque chose.

De prévoir la minute où le vieil ennemi des Hocquin serait vaincu et à son tour maltraité, Babet
connaissait au fond d'elle-même une joie subtile-
ment précieuse, qui est la satanique satisfaction du
malheur d'autrui.

Enfin elle fut à sa demeure obscure, dans le

fouillis végétal qui les protégeait au sein de la puissance forestière.

Elle prit les précautions coutumières pour s'y glisser et s'étendit sur son lit en méditant.

En sa chair heureuse chantait le bonheur que sait seul apporter Satan, lorsqu'il satisfait les désirs des humains.

Jean Hocquin arriva peu après elle.

— Ho ! fit Babet, tu es heureux, me semble-t-il. Car il faut flatter ceux qu'on trompe...

— Voire, fit l'homme. J'ai vu des troupes nombreuses et entendu des fifres qui ne me disent rien de bon.

— Le sorcier m'a dit que c'était le roi qui passe.

— Les rois ne sont point moins menaçants que les autres hommes.

Elle dissimula sa pensée et fit la femme qui craint un ennui :

— Je vais demain au village.

— Soit ! fit-il.

— Mais je veux y aller de jour.

Il y consentit avec étonnement.

— Si tu veux, je t'accompagnerai et rapporterai ce que tu auras acheté.

Elle dissimula sa satisfaction et eut au fond d'elle-même un rire triomphant. C'était le sujet même de son désir.

Elle fit semblant toutefois de ne point accepter tout de suite, afin que ce fut plus certain.

— Oh ! si tu crains, pour ces troupes que tu as vues...

— Il faut toujours craindre, reconnut-il sentencieusement. Mais cela ne m'apporte aucune terreur particulière.

— Non. Je ne crois pas que ce soit dangereux.

— Tu vois donc toujours le sorcier.

— Certes. Il m'a donné des talismans qui ne sont peut-être pas sans influence sur notre enrichissement.

— Peut-être ? murmura Hocquin sans y attacher d'importance. Mais peu importe au vrai d'être riche, de ce chef qu'on ne saurait sans danger manifester sa richesse.

Elle eut une moue dubitative.

— Tu sais, continua-t-il, notre ancien ami qui chassait de l'autre côté du château jadis, et qui avait découvert un plein pot de monnaies d'or ?

— Oui !

— Je sais qu'il est allé à la ville pour acheter une maison.

« Mais on a voulu savoir où il avait pris l'argent. Il n'a pu donner de raisons acceptables et on l'a pendu après lui avoir appliqué sept fois la question.

Elle ne dit rien. Comment avouer que le grand

obstacle à leur réussite matérielle était effacé virtuellement?

Et ils vaquèrent à de petites besognes, puis, le soir venu s'endormirent.

Mais Babet rêva que Satan, pareil à un ange, venait déposer sur la tête de son mari une couronne de baron...

Le matin sonna, dans les halliers et les futaies, de mille cris d'oiseaux.

Les Hocquin se vêtirent en hâte. Elle, aussi plaisamment que possible, mais lui garda le harnois guerrier rapporté de Paris.

Et ils s'acheminèrent vers les Heaumettes.

Par des sentes connues d'eux seuls, dans le silence et la sérénité des bois, ils viennent jusqu'au plus proche du village. Ils regardent, à l'orée, les maisons étagées et les contreforts puissants du château. On aperçoit des soldats qui vont et passent avec des uniformes soignés et des airs fendants. Jean Hocquin sent une inquiétude :

— Tu ne seras pas longtemps?

— Non !

— Je t'attends ici.

— Oh ! si tu veux, dit-elle négligemment, aller jusqu'à l'auberge là-bas, tu n'as rien à craindre.

— Oui, je le ferai.

Et elle s'en va. Elle balance ses hanches et dresse le torse avec une telle allégresse et une volupté si neuve que son mari, qui la regarde partir, en est tout troublé.

Ce n'est pas un homme de subtilités, mais un large et solide bon sens habite sa pensée. Il se dit :

— Elle va voir un galant.

Cela lui est indifférent. Ce qu'il faut craindre, ce sont les traîtrises que les femmes ajoutent souvent à leurs tromperies d'amour. Mais qu'y faire. S'il n'est ni jaloux, ni méchant, Jean Hocquin est un mâle d'âme stable qui comprend la vie et sait pardonner. Le tromperait-elle qu'il reste lié à Babet par une solidarité de vie ténébreuse, des misères subies en commun, par les liens étroits d'une affection qui n'est pas celle d'un propriétaire, ni d'un maître d'esclave. Et il jette sur ce corps balancé qui s'éloigne une sorte de regard amusé.

Cependant, Babet a tourné dans une ruelle misérable ou vaguent les volailles et les gorets. Elle entre sur une place, puis en sort parmi les regards admiratifs des soldats qui sont en train de frotter des arquebuses, de nettoyer des sabres ou des hallebardes et qui échangent des lazzis.

Ils accompagnent le passage de la belle femme de rires allumés.

— Hé, la belle, ne veux-tu pas venir dérouiller ma dague ?

— Oh ! crie un autre, ta dague est en bien mauvais état. Nous savons que la grosse Margoton te l'a détériorée. Mais si la belle veut venir avec moi je lui fournirai un espadon dont le nettoyage est la plus belle chose du monde.

— Taisez-vous, remarque un troisième, ne voyez-vous pas qu'elle a les talons courts et va tomber bientôt sur le dos.

Ainsi allaient les paroles guerrières. Babet, fort rouge, marchait sans rien paraître écouter.

V

LE ROI

Troublé par le discours de Xang-Xang, je lui dis : Tu as donc fait des crimes horribles ? Tu as donc voulu, scélérat, attenter aux jours sacrés du Roi ? Ah ! répondit-il en tremblant, vous me faites frémir. J'adore mon Roi...

Abbé Dulaurens. Imirce, ou la fille de la nature.

Babet tourna encore et fut devant la maison du Bailli. Alors, de la fenêtre où il guettait, sauta son amant.

— Je vous attendais, fit-il en lui baisant la main, ce qui parut à Babet une marque extraordinaire de respect.

Ils se mirent à marcher, puis il la fit monter dans la demeure où il habitait.

— Venez voir les belles robes que je vous destine.

Il y en avait, en effet, beaucoup sur des chaises et des fauteuils, dans une vaste salle dallée. Elles étaient de toutes sortes et de toutes couleurs. Babet devenue pareille à une enfant gâtée, se précipita sur ce fouillis comme une affamée sur du pain.

Et, affolée de coquetterie, elle voulut essayer une chemise de toile fine, puis des bas rouges et quoi encore?...

Mais avant qu'elle put mettre le linge sur son corps bulbeux, le jeune homme, rendu amoureux par ces formes amples et voluptueuses l'embrassa avec passion.

Elle lui exposa son bonheur en termes entre-coupés. Désormais les robes l'attiraient. Son amant, assis sur un fauteuil la regardait parler d'un air amusé.

Du temps passa. Babet mettait et quittait des jupes en soupirant de ne pouvoir s'admirer à l'aise. Car il n'y avait point de glace dans la salle. Elle riait passionnément et craignait d'être vue.

Il dit :

— Tu n'as pas à redouter qu'on te surprenne. Le roi loge à côté et le baron des Heaumettes doit être maintenant en sa présence. Il a promis de se rendre à l'invitation du roi. Avant de le punir, Sa Majesté veut croire qu'il consentira seul à ré-parer tous ses torts.

— Vous n'assistez pas à l'entretien? dit Babet.

— Je vais m'y rendre, mais je vous admire en ce moment avec trop de plaisir, pour sacrifier un si doux agrément.

A ce moment, on entendit dehors un bruit d'altercation, puis des commandements, et une série de voix hautes qui se heurtaient coléreusement.

Le jeune homme regarda par le fenêtre. Ce qu'il vit dut l'émouvoir car il sauta dehors aussitôt, et courut sans ajouter un mot.

Voilà ce qui s'était passé :

Jean Hocquin était resté, en bon braconnier qui n'est certain de sa sécurité qu'après l'avoir bien contrôlée, un certain temps caché sous bois. Il vit descendre le baron des Heaumettes avec trois gens d'armes, et devina que ce seigneur arrogant fut cette fois dans ses petits souliers.

Rassuré, il se dirigea alors vers l'auberge.

Il avait bu deux verres de vin, et regardait souvent si Babet revenait, lorsque deux soldats entrèrent à leur tour dans l'auberge.

— Holà, regarde ce manant, fit l'un en désignant Hocquin, il me paraît avoir bien mérité la hart.

— Tous les croquants méritent la hart, fit sentencieusement le second. Ils chassent sans droit, ils invoquent le diable, ils vont au Sabbat, ils besognent leurs bêtes, et souvent ils égorgent leurs enfants pour ne pas avoir à les nourrir.

Et se tournant vers Hocquin.

— N'est-ce pas, maraud, qu'on pourrait te pendre sans que la perte fut bien grande.

— Si on te pendait, toi, repartit tranquillement le braconnier, il n'y aurait aucune perte du tout.

— Dis-donc, veux-tu que je te rentre tes paroles dans la gorge avec ma dague.

— La mienne est à ton service, fit froidement Hocquin.

— Viens donc dehors d'ici.

Haussant les épaules, et l'arme en main, Jean obéit. Il se sentait le plus fort.

Comme les deux adversaires se regardaient en silence, à trois pas, le soldat fut moins certain de triompher. Il cria :

— Holà, camarades, venez m'aider à découdre un croquant qui nous outrage.

Et le second homme d'armes appela à son tour.

Un flot de rudes hommes, jaillit en tumulte et se précipita sur Hocquin. Il recula vers un mur, la dague prête et sentant qu'il allait être exécuté. C'était en effet, un jeu militaire, et qui ne comportait aucune sanction, que la mise en pièces d'un vilain. Il n'hésita donc plus et ouvrit d'un coup furieux le gorgerin du premier qui fit mine de porter la main sur lui. Les autres reculèrent.

— Allez chercher une arquebuse, nous allons occire ce serf noblement, cria un bas-officier. Car il craignait, à voir l'énergie du gaillard, que toute prise de contact avec lui, coûtât un soldat.

Un autre homme d'arme se risqua, pourtant, avec son épée, à porter un furieux coup d'estoc.

Hocquin écarta la lame de sa dague et son arme entailla le poignet mal protégé par des quillons légers.

— Une arquebuse, vite !

Et tous crièrent :

— A mort !

Les cris attirèrent l'attention du roi, qui disputait furieusement avec le baron des Heaumettes. Il voulut voir ce qui se passait, autant par curiosité que pour couper une conversation, qui aurait pu, si le monarque avait été méchant homme, mener le baron insolent en Grève.

Il sortit donc, et M. des Heaumettes le suivit, toujours vociférant à corps perdu.

Trois officiers de la cour, qui restaient silencieux tant qu'on ne les priait point d'intervenir, suivirent le groupe et on parvint au mur, devant lequel une soldatesque hurlante acculait Jean Hocquin, qui faisait face.

Mais à ce moment, l'amant de Babet accourait aussi.

— Que se passe-t-il ? fit le roi avec majesté.

— Il a tué notre camarade, sire, hurlèrent les soldats.

— Je fus attaqué par celui-ci, dit le coupable avec dignité, en désignant le soldat tué. Il suffit de voir qu'il a une dague en main, et allait m'occire lui-même.

— C'est trop juste, dit hautement le protecteur de Babet qui voulait, dès l'abord, faire tourner les choses en faveur de son ancien sauveur.

— C'est trop juste, répéta le roi.

Les soldats reculèrent en désordre. Ils connaissaient le prix de la prudence.

Et Babet, qui venait de tout voir cria :

— Jean !

Le roi la regarda. Elle était belle comme une duchesse. Il se tourna alors vers son favori.

— Quelle est cette jolie fille, si bien vêtue ?

— C'est la femme de celui qu'on allait assassiner, dit le jeune amant de Babet.

Etonné, le roi regardait alternativement le braconnier et son épouse. Son estime croissait pour l'homme, à voir les habits de la femme.

Enfin, il murmura avec un rire, et très bas :

— Elle ne serait point humiliante dans un lit de roi.

— Non, Sire, je suis de votre avis.

Mais le baron des Heaumettes, de qui personne ne s'occupait plus, cria :

— Je suis en droit, je le répète, Sire, de châtier

qui me nuit. Mes ancêtres n'ont jamais agi autrement.

Le roi, toujours plus étonné, se tourna vers le protestataire et fit :

— Il est fol, certainement.

— Je ne suis point fol, hurla l'autre au paroxysme de la fureur, et mes aïeux sont aussi nobles, plus même que ceux d'un roi.

Un murmure, malgré la discrétion des auditeurs, se fit entendre, mais le sire des Heaumettes ne voulait plus entendre de conseils prudents, il prit son air le plus insolent :

— Ce n'est pas parmi mes ancêtres, qu'on trouve des fous comme Charles le sixième.

— Ah ! c'en est trop, s'exclama le roi enfin. Qu'on l'arrête et qu'on le mène en mon château de la Bastille, dans une cellule bien noire, pour quelques années.

— Roi maudit, si je meurs, tu mourras avant moi, cria le baron en tirant un pistolet de sa ceinture, et en faisant feu sur le roi.

Le coup partit. Mais une forme avait jailli de côté, et c'est elle qui s'écroula. Sa Majesté restait debout, un peu blême.

Dix hommes tenaient maintenant le baron, auquel on ficelait les jambes et les poignets, et qui crachait mille injures.

Le roi se pencha vers celui qui venait de

recevoir la balle à lui destinée et dit doucement :

— Voilà un homme, comme j'en voudrais beaucoup.

Jean Hocquin — c'était lui — entendit, sourit et se releva avec peine. Son épaule ruisselait de sang.

— Oh ! Sire, ce n'est rien !

Le roi le regardait toujours en méditant. Il se tourna vers son favori pour parler. Il voulait accomplir un acte qui fut noble et digne, un de ces actes dont le souvenir reste dans le peuple, qui aime à voir élever les siens.

Il dit enfin à Jean Hocquin, avec affection :

— Le médecin est dans ma demeure, mon ami, va te faire soigner tôt, car il te faudra prendre ton service.

Puis, en regardant Babet :

— Tudieu, la belle lieutenante.

Et, derechef, à Hocquin :

— Tu m'as compris ?

— Oui, Sire, mais quel service m'avez-vous donc donné ?

— Tu seras lieutenant du roi, ici, et tu commanderas le château des Heaumettes, que je confisque à ce maudit baron.

Puis, intimement, il lui frappa sur l'épaule, la bonne épaule, puisque l'autre saignait.

— Et, si tu sais t'en tirer, ce sera court. On t'anoblira, pour que tu viennes commander à Paris...

— ...

— Avec elle, ajouta-t-il, en désignant Babet.

FIN.

TABLE DES CHAPITRES

Achevé d'imprimer
.le 15 mai 1929
par les Presses Modernes, à Bar-le-Duc
pour Louis Querelle
Editeur
26, rue Cambon, 26
Paris